시 선 으 로 부 터 ,

从诗善开始

[韩] 郑世朗 著

田禾子 译

四川文艺出版社

图书在版编目（CIP）数据

从诗善开始 /（韩）郑世朗著；田禾子译 . —成都：四川文艺出版社，2022.10
ISBN 978-7-5411-6431-6

Ⅰ . ①从… Ⅱ . ①郑… ②田… Ⅲ . ①长篇小说—韩国—现代 Ⅳ . ① I312.645

中国版本图书馆 CIP 数据核字（2022）第 147394 号

CONG SHI SHAN KAISHI
从诗善开始
[韩] 郑世朗 著　田禾子 译

策划出品　磨铁图书
责任编辑　范菱薇
责任校对　段　敏

出版发行　四川文艺出版社（成都市锦江区三色路 238 号）
网　　址　www.scwys.com
电　　话　010-82068999（发行部）　028-86361781（编辑部）

印　　刷　嘉业印刷（天津）有限公司
成品尺寸　145mm × 210mm　　开　　本　32 开
印　　张　8　　字　　数　190 千
版　　次　2022 年 10 月第一版　　印　　次　2022 年 10 月第一次印刷
书　　号　ISBN 978-7-5411-6431-6
定　　价　48.00 元

人物关系图

第一次婚姻
第二次婚姻
第一次婚姻
约瑟夫·利
沈诗善
洪乐焕
曹末姬
李明惠
大女儿
朴泰浩
大女婿
沈明恩
二女儿
李明俊
大儿子 / 排行老三
金兰静
儿媳妇
洪景雅
小女儿
郑宝根
小女婿
朴禾秀
吴尚宪
朴智秀
李雨润
郑圭林
郑海林

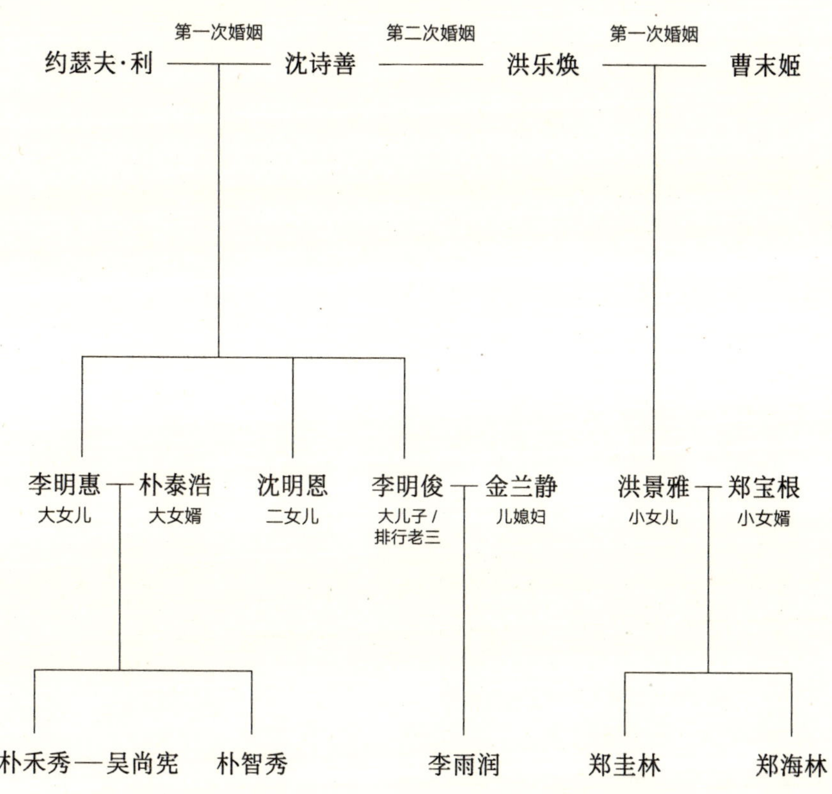

1

主持人：沈诗善女士，您是在座的嘉宾中唯一一位强烈反对祭祀文化的人。那在您过世之后，也拒绝子女为您祭祀吗？

沈诗善：当然了。为了一个已经死了的人摆那么一大桌子吃的有什么意义？这是早就该消失的习俗。

金行来：您可不能因为在外面喝了点洋墨水，回来就随便乱说啊。不能这样小瞧传统文化，贬低它的意义啊。

沈诗善：空有形式而没有心意，就是白白让人辛劳而已，而且受累的还全都是女人。我已经告诉大女儿，在我死后绝对不要为我祭祀。

主持人：啊，女儿？您不是有个儿子吗？

沈诗善：老三啊……就他？他能做什么啊？我死后家里的大小事务都交给大女儿来做主。

金行来：您可真是专挑难听的话说啊。

沈诗善：您的想法和我的想法哪个走得更长远，就交给后人来评判吧。

——TV 讨论《预测 21 世纪》(1999 年)

“我要为妈妈祭祀。”

明惠在每月一次的姐弟聚会上宣布这件事时，妹妹们和弟弟都非常惊讶。

“现在吗？”

二女儿明恩太了解比自己大两岁的姐姐的性格了，因此努力用不惹恼她的语气询问。

“今年是妈妈去世十周年嘛。”

“但是……妈妈不是说不让我们祭祀吗？”

最小的女儿景雅有些摸不着头脑，而沈诗善唯一的儿子明俊继续沉默地用餐。三个女儿又想起了妈妈在节目中用不屑的语气说“……就他？”的画面。偶尔姐妹们在背后一起骂明俊时会模仿妈妈的语气，但在本人面前还是不好意思这样做。

“释迦牟尼也要求弟子们什么都不要做，有谁听了吗？整个亚洲每年都被搞得天翻地覆啊。今年是妈妈去世十周年，所以我想就祭祀这一次。”

“也是啊，反正连面都没见过的婆家爷爷的祭祀我都办过不知多少次了，也想好好给妈妈办一次。”

景雅像平时一样轻易就被明惠说服了。虽然她是沈诗善再婚得来的女儿，但无论是她本人，还是其他三姐弟，都早已不放在心上。

“是妈妈自己说不喜欢的，还这样做不太好吧？就像之前一样找个不错的饭店，摆上妈妈的照片一起吃顿饭就好了。”

明恩不想轻易屈服。

“听我说。”明惠擦了擦眼镜，重新戴上，“我们会去夏威夷祭祀。”

听到这句话，姐弟三人都用怀疑的眼神看向明惠。

“什么？要去那么远的地方摆供桌、煎饼，弄得一团乱？”

“姐，好像太过了。”

明俊终于忍不住开了口。

“听我说完，难道我疯了吗？去那么远的地方用妈妈讨厌的方式纪念她？我都已经计划好了。”

身为长女的明惠最大限度地继承了沈诗善不轻易屈服的性格。其他人有的赞同，有的反对，但都明白事情最终还是会按照明惠的意思进行下去。

“明俊，你让雨润也一起来。夏威夷正好在美国和韩国中间，你给她买好票。”

明惠下达了明确的指令。

雨润是从智秀那里最先得到消息的。雨润从小和智秀建立起的表姐妹之间特有的亲密感，即使跨越了太平洋也没有变淡。智秀也是如此，比起亲姐姐禾秀，她更常和雨润通电话。

“大姑……大姑决定要这么做的话，那就听她的呗。”

雨润也觉得有些突然，但她知道谁也拦不住大姑。

“真不知道我妈为什么突然这样。我之前还不知道有多得意，到处炫耀自己生长在不祭祀的家庭，现在这算什么呀？”

“她应该有什么计划吧。”

“应该吧，所有人都被她的计划左右着这一生啊。”

对于智秀的抱怨，雨润想说“不管别人是不是，但表姐你很少被影响”，不过最终还是忍住没说。

“禾秀姐还好吗？”

雨润犹豫着要不要问，最后还是问出了口。电话那边的智秀发出了低沉的声音。

“不太好，她过得好像不太好。也许妈妈是因为姐姐才计划做这件事的。”

“听说夏威夷特别好。对禾秀姐应该也是件好事吧。”

“难说啊……但总归是外婆年轻时生活过的地方，去看看好像也很有意义。”

“你想过吗？如果奶奶一直生活在夏威夷，也许一切都会有所不同。”

“哎哟，外婆身材那么娇小，要是一直都在夏威夷，可能会累死的。”

“那也是，如果没有遇到 M&M 的话……”

“那就不会遇到外公，也就不会有我们了。”

“奶奶会幸福的。”

“我一直觉得比起当时的其他女性，外婆过得很幸福啊。”

在这一点上，雨润和智秀的意见不一样。雨润无法确信奶奶是幸福的。“看来我们所保留的记忆不一样，我们从奶奶那里得到的记忆碎片不一样。”她很想这样说，但最终还是没有开口。

2

我不会再谈论任何关于马蒂亚斯·毛尔（Matthias Mauer）的事情了。我知道人们仍然想从我说的话、写的文章、做的动作和出现的表情中找到关于毛尔的痕迹，但那都是徒劳无功。他的名望与其本人不符，他像一个被掩盖起来的漏洞，藏着很多问题。我们之间的过往既不像人们描绘的那样凄婉优美，也不至于极度丑陋。我努力想让所有的臆测都消失，但不知为何毫无功用。我不是他的夫人，在绝大部分时间里也不是他的恋人。对于那些质疑我是不是因曾利用过他而现在绝口缄默的人，我想对你们做出善意的提醒：请你们记起几年前那位对我恶言相向的委员，在他肆意谩骂的批评里，传进我耳朵里的是什么“凭借长袖善舞、人尽可夫才到达现在的位置……”。幸好，我有一位能干的律师，我用那位委员几年的收入，买了一幅自己喜欢的画。

——《不要询问已经遗忘的事》(1988年)

禾秀坐在餐桌旁，看着外婆留给自己的画。那是一幅很小且泛着蓝光的肖像画，即使每天看上一个小时，每次还是能有新发现。从小的时候起，禾秀就喜欢这幅画，所以她曾去寻找画家的身份，却惊讶地发现这位画家个人简介中的第一句话是这样写的：某某的夫人。禾秀最近越来越体会到，20 世纪女性们的心中总是有一幅站在悬崖边的、让人不由得窒息起来的风景。比起她是谁，她属于谁更加重要。她想唤醒十年前离世的外婆，问问她是如何挺过每一天的，如何和内心的束缚、屈辱和解并一直笑着活到七十九岁的。

每当想起外婆在遗言里写下“把这幅看起来像猫头鹰的蓝色画作留给禾秀，那孩子在这幅画前坐的时间最长”，禾秀都会哭一会儿。禾秀不像妹妹智秀或表妹雨润那样和外婆亲近，可能是因为她是长女的长女，没办法让那种特有的严肃感从身上卸去，但外婆还是能看出她喜欢这幅画。

茶杯中的茶已经喝完了，但禾秀就连从椅子上站起来走几步都觉得麻烦，所以没有打开电热水壶的开关。她从没想过让身体动起来这件事如此消耗精力。才刚过上午就已经疲倦，她像一个连接线断掉的木偶，连一根手指都不能随意移动。复职的日期渐渐临近，但她怀疑自己是不是真的能回到职场。家人们小心翼翼地问她是不是真的想回去上班，没有人勉强她，但禾秀不想回答。

禾秀想和外婆说说话，只想和外婆说。外婆的死对禾秀来说很奇怪。最初的两三年确实能感到外婆已经离开了，但从某个时刻开始，她觉得外婆仍然“持续”着。“持续”这个描述有些微妙，当一个人的肉体死亡后，肉体之外的部分却没有死。外婆是位气场强大且不平凡的女人。即使她的性格常常让她陷入纷争，她也从不轻易改变自己的意见。她是个同时得到大多数人肤浅的爱和少数人坚定的厌恶的人，她是个不易被人遗忘的人。随着时代的变迁，她获得的评价褒贬不一，在离世十年后的今天还有人不停翻寻她的文字和影像的片段。

“哎哟，我们沈诗善女士，竟然录过这么多电视节目。这个也是没见过的影像啊。”

妈妈把自己的母亲称为“女士”，别人能从这个称呼里同时感受到爱意和距离。在家族内的几个群聊中，之前不为人知的记录常常被分享出来。

“妈妈那时候为了养活我们真的很拼命，不知道写了多少文章，工作能接多少就接多少。”明恩二姨说。

禾秀想，对外婆来说，那应该是很辛苦的事，但自己因此比世界上的其他外孙女多得了很多益处。外婆写了二十六本书，除此之外还有数不清的零零碎碎的文章。如果能用人工智能把这些文章全都录入系统，然后和人工智能交谈该有多好，但那样的时代还没有来临，只能随意拿出一本，无限贴近于和外婆对话的效果。

因为每天要停下来好几次，所以禾秀的读书进度很慢。年代久远的书中常常出现虫子，她要去图书馆借来消毒机消毒。图书馆并不远，但对禾秀来说很远。读了大概四本书的时候，禾秀想，外婆为什么不能直接说出马蒂亚斯·毛尔是残暴的施虐者呢？为什么她没有更准确地写出家人们都知道的那些事呢？是因为时代不同吗？如果是生活在现在这个时代的话，外婆会说出来吗？那个该死的人曾向外婆扔过刀，虽然是钝钝的油画刀，但那也是刀子，在她的手臂外侧留下了一道伤疤。给外婆装殓的时候，禾秀看到过那个淡淡的疤痕。她时常会想起出现在 20 世纪又消失在 21 世纪的大火中的这个伤疤。

她面前放着空茶杯，画框上反射着阳光。禾秀一直坐到双腿微麻。她看着画框中映出的自己，视线沿着额角、下巴和脖子下方的伤疤移动。

不知道别人有没有因为愤怒而被激活的时刻。禾秀用手撑着桌子，一小步一小步地向前走。她的膝盖和肩膀有些别扭地移动着，但禾秀并不是很在意，扶着墙调匀自己的呼吸，走向浴室。

对于那些说着“不能将愤怒当作动力的人”，禾秀想嘲笑他们。她想说：你们什么都不懂，只有我和我的外婆才明白。

这样的愤怒可以维持十分钟左右的活力。

3

提问者：老师，这三位中您最爱哪一位呢？

沈诗善：马蒂亚斯是我的老师，不是我爱的人。不过，为什么会觉得我只有过三个爱人呢？

（座中大笑）

沈诗善：总之，已经去世的人好像在地下也会听到，我不能回答这个问题。

提问者：那我换个问题。您认为成功婚姻的必要条件是什么？

沈诗善：没有暴力、内心明亮的伴侣，以及良好的性生活。

（座中发出笑声和议论声）

沈诗善：怎么了？是觉得一个上年纪的人说起性生活很好笑吗？

提问者：老师您也真是的，（笑）没有暴力、内心明亮，这样的要求不是太基本了吗？

沈诗善：我反而认为能做到基本的人非常少见。内心扭曲或浑身带刺的人，无论是做伴侣还是合作伙伴都不行，因为那样的人一定会伤害别人。

提问者：不过，遇到那种很难得的对象……然后发生性关系吗？难道不应该是在愉快的氛围下自然地进行异性间的交流，在平等的基础上相互理解吗？

沈诗善：哎哟，和丈夫有什么交流可言啊？他们都缺少一只眼睛，不会像我们一样看世界的。和不必害怕会伤害自己的人进行安全的性生活，就会得到渐渐变好的性生活。

提问者：缺少一只眼睛？

沈诗善：不管对方多么聪明温柔、深思熟虑、品行高尚，我们看到的东西都是不一样的。交流的话，和朋友一起就好了，理解也是朋友之间的事。

提问者：但那也是……那就只有肉体吗……

沈诗善：想从一个人身上要求所有，那就必然会失败。我们把人生中所有渴求的要素都集中于一个人身上，这样的概率不是很低吗？还有，不要低估良好且规律的性生活的价值，在纾解压力上没有什么是能和它媲美的。不错的性生活能让我们在紧闭的眼睛中看到不存在的色彩，也许会让人有想要写一本绘本日记的冲动。

提问者：如果是不太享受肉体关系的人呢？

沈诗善：如果不是三天就想要有一次性生活的人，那不结婚不是更好吗？

——《女性 ××》主办的茶话会记录（2003 年）

“这不是你婆婆吗？”聚会的朋友们把手机拿给兰静看的时候，她已经做好了心理准备：妈妈，您又说什么了？这已经不是第一次别人笑着把令人有些难堪的内容发给她看了。

“啊，听上去好像有点道理，又觉得像是诡辩，确实有点难说清……”看完所有的内容，兰静这样说道，聚会上的朋友都哈哈大笑起来。

聚会上的都是雨润中学时同班同学的妈妈们。孩子们都已经不怎么见面了，但妈妈们的聚会维持了很长时间。

“她活着的时候没有什么让人讨厌的地方吗？毕竟也不是普通婆婆。”

“嗯，她身上总是有传闻和纷争，在这个方面作为家人确实有些费心……但是她一点也不偏心，让人感到很舒服。不管是对儿子还是对女儿，不管是自己生的孩子还是过继来的孩子。”

“她是不在乎这些吗？那挺不错的。”

“不，不是不在乎。怎么说呢，应该说她更关注自己的事情……这一点我丈夫也是一样的，一模一样。但是她即使沉浸在自己的事情里，和小辈们在一起的时候也很关心我们，不让人讨厌。可以说是那种不说敷衍话的人。”

“敷衍话？”

“一般的婆婆不太会好奇媳妇平时都做什么。但我婆婆是真的关心我平时都做些什么，读什么书，书是什么内容，我是怎么评价那些书的。”

“啊，对，你读了很多书，所以你们两个人才相处得不错吧？”

听到朋友的话，兰静笑了笑。因为读了太多的书，反而和一辈子写书的婆婆发生过唯一一次激烈争吵的事，该如何给别人解释呢？

兰静原来也很喜欢读书，但大量读书还是从雨润生病时开始的。在医院等待的时间很长，兰静需要一个可以让心灵依靠的地方。照顾生病的孩子时，有太多想要尖叫的瞬间了，但兰静不是可以尖叫出声的性格，所以她把自己完全藏进了另一个世界里。不停地阅读是兰静保护自己的方法。

雨润的病好了以后，兰静也没有停止阅读。她始终无法放松，不是担心雨润的病复发，就是担心发生其他更坏的事伤害到女儿。兰静总是想要撕扯开什么，她变得事事计较，步步紧逼。阅读解救了她。除去喂孩子吃饭、给她穿衣、不让她生病，兰静会躺在沙发上，放任一本书消磨自己的时光。为了忍住每天都想从头到脚一寸一寸检查差点被死神带走的孩子的念头，她让自己的视线转向图书。没有什么比读书更能让人乐观豁达、活在当下、开阔视野了。但是就这样一直捧在手心里的女儿，长大后却飞去了美国……每当兰静想雨润想到要哭的时候，就会选择读书，读了一本又一本，像许愿的人一样垒起了一座书之塔，女儿走之后空出的空间由书填满了。

“像你这样读很多书的人，以后一定会写作的。”

有一天，不知道为什么想到这些的沈诗善女士这样对兰静说。

“不，我没有这样的需求。”

“你读的书应该比我都多吧？有 Eingabe 就一定会有 Ausgabe 的。”

“什么？”

“就是有输入就一定会有输出的意思，是很自然的事情。”

婆婆平时会使用德语和英语，有时甚至还会用日语，她宛如算命大神一样预测着兰静的未来。粗糙干瘦的手指上戴着几个戒指，兰静不知道它们背后的故事。婆婆特意仔细看了兰静的书架，好似这个书架就是她的大脑内部一样。沈诗善女士是容易钻研进事情里的性格。看着眼前这个从 20 世纪令人窒息的残酷中活过来，混用好几种语言思考的那个小小的坚定的脑袋，兰静不知该如何开口告诉婆婆不要翻越自己内心的高墙。

“你什么领域的书都读啊！啊，你喜欢这本随笔吗？作家是我认识的人，你想见一见吗？

“这本植物图鉴是什么书？这本是为了整理庭院才读的吗？韩国也需要庭院散文家。

“虽然现在公寓住宅很流行，但还不到时候，不过马上就会需要的。你想早点学习相关知识的话就告诉我。如果明俊让你待在家里的话，我去说他。我没有这样教他，不知他像了谁。他爸爸也不是这种人。”

两家之间的上下坡如果坡度很陡，会被家人们叫作“V 字峡谷”。但沈诗善却不觉疲惫地往来于两家之间，想从兰静的书架上读出些什么来，像解读甲骨文的人一样紧锁眉头。

“雨润生病，你们两人都辞职的时候，我以为你以后可以回去上班，而明俊回不去的。没想到最后事情按相反的方向发展，我心里一直很遗憾。那么聪明伶俐的你，和胸无大志的明俊相比……”

“就是那样的时代吧。现在也没有变得多么不同。”

也许是听见了自己的名字，明俊轻轻地打开工作间的门走了出来。兰静向他发出了求助的眼神。而明俊不知是确实没看到还是装作没看到，只是靠在工作间门口站着。真是个帮不上忙的人，兰静心里埋怨着他。

“不管是什么，你都写出来，找找出版社。我出面的话，有点像拜托别人，得小心一些，但只要不说你是谁，只把你的稿子给他们看，简单介绍一下，应该没问题吧？”

“妈妈……我不想写作。我已经和您说过几次了，您为什么不听我说的话呢？雨润生病的时候您在经济上帮助了我们，我很感激您。我也知道您一直关心我没能回职场工作这件事，但我只是喜欢读书，没想过要写什么。我和妈妈您不一样。”

“你读了这么多书呢，什么类型的书你都读。你在骗人，你不可能不想写。你就像书虫一样，爱读书的人最后一定会写作的。”

“书虫……”

兰静看着自己拥挤的书架，没有马上反驳，但马上就想出了反驳的依据。

“您不能这样下结论。您曾在自己的第四本书中用一个单元的篇幅说过，这世界上没有可以轻易下结论的事情，也不能轻易相信随便下结论的人。”

那一瞬间，沈诗善脸上露出茫然的表情，那个表情让兰静难以忘记。看着引用自己的书反击自己的媳妇，她的嘴张开又合上，想要反驳，但不知是不是泄了气，只是凄凉地坐在兰静的读书椅上。兰静想自己是不是太过分了，但要保护自己的领地，只好拼此一搏了。

“你竟然赢过我妈妈了，真了不起。是不是发明了什么有效的策略？”

婆婆闷闷不乐地离开，丈夫却在一旁说笑，兰静心里不是滋味。

“刚才你帮帮我多好，只会在后面呆呆地站着。”

“我怎么帮你啊？你做得挺好的，明惠姐也不一定能像你一样赢。”

明俊是个一点心眼也没有的家伙，但心地善良。

就算听到“就他？”这种来自母亲刻薄的评价，心情也丝毫没有影响。

他还和姐妹们分享了“有效的策略”，从此，沈诗善女士在和女儿们争吵的时候，总是遭到“引用”攻击，常常头痛。

“我说了太多话了，到底说了什么其实很多都不记得了。为了养活你们才做了那么多事，你们这些忘恩负义的家伙……”

“妈妈，您前年在报纸上写，绝对不要从子女身上期待回报。”

“吵死了！”

沈诗善也有这样耍性子的时候，不是永远都是有教养的样子。外语说得很好，脏话也说得好，让人惊觉这也许是同一种能力。

啊，好想婆婆啊，兰静想。虽然会因为婆婆而感到为难，但兰静并不讨厌她，甚至还有些瞬间很喜欢她。她和婆婆之间就是这样的关系。

“夏威夷？要在夏威夷祭祀？”

朋友因为吃惊而升高的音调，把兰静飘向很远的思绪拉了回来。机械性地参与对话是她一直想改掉的习惯。

“嗯，想到家风是什么样的，我猜应该不是普通的祭祀。”

兰静和问话的朋友对视了一眼。

“那你也要去吗？”

“嗯，因为雨润也会来。”

听到兰静的话，朋友没有掩饰对她的心疼。

“你可不能又在机场哭啊。”

“没有信心啊。”

一年一次，或者一年两次能见到女儿，即使现在非常幸运的话，也只能再见到女儿三十多次了。除非雨润下定决心回国，或者兰静搬到美国去……如果有人在同样的情况下可以忍住不哭，那就让他试试吧，兰静把身体深深地埋进了椅子里。

上次去看雨润的时候，她在行李箱里装了六本厚厚的书，雨润实在看不下去了，在网上给她买了电子书阅读器，看上去现在该是拿出来的时候了。兰静有点老花眼，可以把字放大看，但她喜欢在像丛林一样的书架上随机挑一本已经忘了是什么时候买的书，所以一直没有用电子书阅读器。包装上写着可以存储一千多本书。如果带一千本书一起去的话，那应该可以熬过和大姑子、小姑子们的旅行时间。

4

创作的欲望和自我破坏的欲望是名字不同的同一种东西，意识到这一点，我常常感到悲伤。20世纪是一个可怕的世纪，因为目睹了太多可怕的事情，有些人就此放弃了生命。

都说韩国自杀率比其他国家的高，对吧？也许韩国艺术家们的自杀率会比那个数字更高。姐妹们、朋友们……几乎每隔一年就会失去一位。我知道他们是敏感多情、善良美好的人，有很多只有纤弱的神经才能捕捉到的真实。向顽固的世界提出疑问与自杀在行为上等同，与抛去生命没有高下。但我们真的失去了太多人了。

我也有想要放弃一切的时候。在对任何事物都感受不到爱意的时候我会想，一定要避开我心中通向死亡的斜坡，一定要舒展开扭曲缠绕在一起的弹簧。自己修复自己扭曲的部分，不知道那是不是成为好的艺术家的路，但至少可以说是成为活着的艺术家的路。看起来越迷人的扭曲，越要把周围的幻象除去。缓慢地走直线看上去很单调，但那是我们应该要选择的艰难之路。

——×× 艺术大学特别邀请演讲（1996年）

妈妈也许是自杀的，明恩姐妹们曾怀疑过很长时间，因为妈妈的死太过突然又充满巧合。沈诗善女士生日那天和家人们吃过午饭，第二天凌晨就离开了人世。有谁会这样死去呢？

那是八月份的一天。常去的付岩洞中餐厅的圆形桌子上面，老旧的空调发出令人烦躁的声音。诗善冒出很多冷汗，也没吃多少食物，看起来很疲倦。但她还是能自己走到中餐厅去，又从餐厅走回家中，看上去没有那么让人担心。

临终时守在她身边的人是明恩。明恩没想过会发生这样的事情，只是当天恰好住在付岩洞的家中。倒不是因为多么想念母亲，而是因为她在首尔没有落脚的地方。不管是在首尔还是在其他地方，兄弟姐妹中唯一没有住处的人就是明恩。明惠说在其他人都过着加法的人生时，明恩独自选择了过减法的人生，虽然听不出这话到底是赞誉还是指责。至少，明恩觉得自己选择的减法人生还不错。

那天，虽然家里还有很多空房间，但明恩想和妈妈说会儿话再睡，于是在诗善的床边铺了毯子。这是多么幸福的一件事啊。如果在其他房间睡的话，就听不到任何声音了。

明恩几乎想不起那天晚上和妈妈说了什么，好像都是些不重要的话。那时候明恩住在扶余郡，她给诗善讲了一些那里正在发掘的寺庙遗址的事情。诗善听着听着还是想到了T乡。

“那里离T乡很近啊。”

“比起扶余，应该是天安更近吧。妈妈您想去一次吗？我接您去看看？”

“我身体不好了。”

诗善的呼吸从那时开始变得急促起来。

“刚才吃饭的时候您也没吃多少，我们去医院吧。”

“我不去，去了太多次医院了。”

之后诗善的情况看上去稍微变好了些，明恩也很快入睡了。明恩因听到呻吟声醒来时，诗善的情况已经非常严重了。看到妈妈痛苦得面目狰狞，明恩瞬间睡意全无，取而代之的是其他情绪。

“我去叫救护车。”

“不要。我要在家里死。”

“妈妈，再怎么说……”

“不要叫，绝对不要叫救护车。”

“那我打电话给姐姐。”

“不用，让她睡吧。也别吵醒其他孩子。”

明恩没有听这句话，她打电话给姐妹们，但那天偏偏没有人马上就接起电话。也许是因为刚刚度过诗善的生日，大家都松了一口气，都想着总不可能就是那一天。

诗善的胳膊在空中挥动，像是看到了什么人。她挥动了好几次，嘴里发出的声音模糊不清，听不出到底说的是谁的名字。明恩握着妈妈的手，想知道来接妈妈的究竟是自己的爸爸，还是景雅的爸爸，又或是其他什么人。来接诗善的人一定很多，因为死去的人太多了。

到清晨五点才联系上明俊，他们将妈妈的尸体移送到平时去的医院的殡仪馆。七点的时候景雅到了那里，而吃了安眠药睡着的明惠来得最晚。明惠对自己偏偏那天吃了安眠药后悔不已，一看到明恩，就哭着一把抱住了她。

“怎么会这么突然……”

殡仪馆的冷气温度开太低了，姐姐的眼镜框触到脸上很冷。

明恩急切地向姐姐解释：

“妈妈说不要去医院，说绝对不去。”

“肯定说不过妈妈啊，你拗不过妈妈的。”

明惠放声痛哭了一会儿，然后成了完美的丧主。来吊唁的客人们暴风般拥来，明惠要指挥好整个葬礼。明恩将剩下的事都托付给了姐姐，所以可以尽情地释放悲伤。明俊像明惠的手脚一样行动着。

景雅的第二个小孩太小了，只能待在里面的房间里，却是哭得最厉害的。

除了在美国的雨润，其他的孩子们也都来了。明恩在这三天中可以好好思考诗善留下来的东西。

等到葬礼结束，家人们才起了疑心，总觉得一切没那么自然。

“难道妈妈吃药了？”

当明惠提起这个话题时，明恩想要否认。

“说什么呢？都说了是典型的急性心肌梗死的症状。流冷汗，消化不良……”

“会不会是那天早上吃了过量的心脏药？妈妈不是说过自己只想活

到还能自主走路的时候吗？她总是那么说。”

“要不就是没有吃该吃的药。”

平时不怎么插嘴的明俊这次也附和着。

“偏偏是生日那天……”

“不过最近这种人很多，一直坚持到生日，然后就散气了，似乎对数字比较执着。”

景雅没有附和三个人的聊天，也许从遗传基因的角度来看，她的大脑是兄妹中最健康的。

“如果是急性心肌梗死的话，应该很痛苦。”

“忍着痛苦也是一种自杀吗？”

姐弟们聚在一起的时候总是会说起妈妈的死。这个话题没法对小一辈的孩子们说，只要他们聚在一起，就会回想那天妈妈的症状和那段时间妈妈的言行。终于，景雅受不了了，私下向医生朋友进行了咨询。

“他说不是。”

景雅回来以后自信地和另外三个人说。

“最近市面上的药都很好，即使有一两次不吃或者过量服用，也不会致死。”

“是吗？”

明恩清楚地看到明惠的表情变轻松了。

“妈妈是不会自杀的。虽然不确定妈妈是不是真的到日子了，但肯定不是自杀。我相信妈妈，昨天你们作为亲女儿、亲儿子是不是太过分了？”

“不是自杀啊。”

“搞不好我才是亲女儿。”景雅咯咯笑了起来。

众人的怀疑在这个笑声中消失了。

诗善应该是为了再看子女、外孙女们一眼，才一直坚持到生日，然后离开人世的。因为太过突然，确实让家人受到了冲击，但也让人明白，或许突然的死亡也是一种福气，这种死亡方式非常“沈诗善”。

“你挺辛苦的吧，在妈妈葬礼上？”

办完葬礼后过了好久，明惠突然问明恩这句话，明恩一开始没理解是什么意思。

“大家都很辛苦吧。妈妈之前说过像‘三日葬’这种习俗应该消除，最近也有人只进行一天的葬礼，以后也都应该这样。”

明惠听着明恩的回答，露出了不太自然的表情。这时明恩才明白了姐姐到底想问什么。

“因为葬礼上只有我是一个人？既没有丈夫也没有子女。”

公告牌上只有自己的名字是一行，虽然她当时也意识到了，但没有太在意。

“姐姐，我要是那种在意这些的人，难道会到现在还一个人生活吗？”

“我的家人就是你的家人，你知道吧？”

“不，不是。我不是故作冷静，我很爱禾秀、智秀，还有其他的孩子们，但我不想成为外甥们的负担。”

“听上去很冷静。”

“要是能像妈妈一样死去挺好的，最近那样的福气也不多见。不管怎样都会有办法的，我一个人也没什么关系。”

“要是那个时候那个人没有离开的话……”

“不是的，姐姐，没这回事。”

明惠说的“那个时候那个人”是指明恩年轻时的恋爱对象，两人已经到了谈婚论嫁的阶段，那个人却毁掉婚约离开了。明恩早已忘记那么久之前的事了，但明惠还一直记在心中，这很稀奇。双方的父母见面后，对方的家人意识到以后要成为亲家的人是谁，最后得出这门婚事门不当户不对的结论。虽然对方已经委婉地用有教养的语言传达了拒绝的意思，但谁都知道是讨厌“臭名昭著”的沈诗善这个混血女儿的身份。因为这件事，整个家都闹翻了。在所有人都感到愤慨时，明恩反而退到了后面。明恩不像诗善或明惠那样愤怒，反而暗自觉得松了一口气，那之后她活得很轻松。明恩是毫无疑问的受害者，所以没有任何人指责她的独身和独身生活。年轻时的明恩对于可以利用悔婚作为独身生活的借口感到很满意，并没有什么不太愉快的回忆，也不太会想起这件事。

“走在路上的老头子们认出妈妈后就会骂她。”

看起来这件事一直让明惠感到压抑和愤懑。

“姐姐，以前那样说的人现在也都死了，现在没有人会那样说了。”

“是啊，那些人都死了。”

“不久前电视上播了一个除草机的广告，拍得很简陋。不知道从哪里找来一座长满草的坟墓，展示使用除草机之前、之后的样子，配着吵吵闹闹的音乐，看上去特别好笑。那座坟墓可能是广告公司找来的，或许是除草机公司找来的，也可能是偶然路过哪里看到的陌生坟墓。总之，我笑着笑着，突然想到妈妈应该会挺喜欢这个广告的……”

“啊，我在网上打高尔夫球的时候，有一个回合，屏幕上突然出现了一座阴森的坟墓，仔细一看，那应该是龟尾市一个高尔夫球场的三号洞吧。我看到那坟墓突然大笑起来，原本可以不用那么详细的，还非要展现出来。”

“我们怎么都说起了坟墓……”

“所以我有时候还是会后悔没有给妈妈买坟墓，太听妈妈的话了。她说让我们把骨灰撒在远一点的大海里，我们就真的把骨灰撒了，现在连个去找她的地方都没有。”

明恩知道肩负着太多的明惠有时也会疲倦和无力，因此静静地伸出手上下抚摸着明惠的背。

“你没结婚算幸运的事吗？要是你也结婚又离婚了，我们姐弟的离婚率就百分之七十五了。”

“是啊，我们这百分之五十就幸福地生活吧。”

不论对原本就不存在的坟墓遗憾与否，明恩和明惠回想着过去的十年，那是过于单调却还不错的十年。两人都觉得纪念下这十年也是个不错的想法。

5

嘴里又噙满了口水。春天快来了。我那无人修缮的小庭院里放着一个水盆，鸟儿们飞来洗洗身子又飞走了。那和我的孩子们小时候在凉水里随便地洗洗头、嘻嘻哈哈笑着的样子最像了。真令人难以相信，机灵又可爱的小女儿如今已经是中学生了。

我那破旧的庭院，如果一定要说出一个优点的话，应该就是那盆孤挺花了。那是个简陋到不能再简陋的花盆，放置在庭院深处，即使在寒冷的首尔，也能每年开出花朵。

红色的花朵怒放，在庭院中存在感十足，那时放眼整个庭院，也只能看到孤挺花。它之前并不是我的花，而是老幺的妈妈曹末姬女士把老幺托付给我时一起留下的。我想着把这两个都照顾好等她回来，但末姬女士因故在他乡去世了。她要是能上完学回来该有多好，但这世上的事真的不能凭人心意，好人也并不一定有好报。我们曾经的握手就像签约后的承诺，无论交握的双手曾是多么紧紧地握在一起，如今只有我留下来遵守这个承诺了。多年老根开出像印泥般鲜红的花……孩子们上中学了，学习很好，肩膀可以依靠，干活儿利落。那红色的花像在把这里的消息传递给无人知晓的某个地方。

——《园艺与 ××》(1984 年)

趁圭林和海林上学的空当，景雅检查了两个孩子收拾的行李。虽然让孩子自己负责自己的行李，但还是要看看有没有落下的东西。圭林已经是高中生了，有时还是丢三落四的。海林只有小学五年级，已经不再冒冒失失了，但容易认准一个方向回不来。

果然，圭林像是一点也没想到要游泳，包里装着的都是按天数准备的内衣和袜子，景雅又往包里多装了几对。打开海林的包，里面装的全部都是灰色的T恤和帽衫，还有两顶黑色棒球帽，衣服下面甚至还放着一个笨重的望远镜。

“这小不点儿目的还挺明确的。”

老大喜欢什么，景雅是一点也不清楚。老二喜欢鸟类，准确来说，应该是除鸟之外都不喜欢。两个人要能中和一下就好了，不过也不是随意就能改变的。景雅想着要不要把灰色的衣服换成几件有颜色或者条纹的，但想到海林肯定会闹，就放弃了。这种时候景雅总是给明惠打电话商量；在公司里两人反而没什么说话的机会，于是私下打电话就更加频繁了。

“姐姐，你在忙吗？”

"在检查这个那个的，再联系一下民宿的主人。"

"海林让我好伤心，她又装了满满一包灰色的衣服。"

"啊，她现在还是最喜欢那个灰色的麻雀吗？"

"是大山雀。"

海林最喜欢的鸟类是山雀类，也喜欢观察其他的鸟类，一整年都只穿灰色的衣服，戴黑色棒球帽。海林说这样穿的话觉得自己也成了一只大山雀。

"她要是喜欢个色彩艳丽的鸟就好了，这孩子也真是的。"

"啊，我真是烦透了。海林马上就要上初中了，对学习一点也不上心，每天回家把书包一放就去家门前的小溪那儿。姐姐，下次你见到海林的时候，捏捏她的胳膊，不知道有多结实，因为她总是举着望远镜。"

"孩子们都是从喜欢恐龙那些东西的时候过来的嘛……"明惠没什么底气地说，她对自己的话也不太相信。

景雅听出了大姐的犹豫，更加伤心了。

"七八岁之后不是就应该不喜欢了吗？生下老二一看，是个女孩，我别提多高兴了，想着可以给她穿漂亮的衣服，可现在这都是什么呀！"

"我在报纸上读到，现在给孩子穿衣服不要受性别的固化影响，更有利于教育。"

"不是，我又不是要给她穿什么蕾丝裙子。要不是她只穿灰色的，我也不会这样啊。我可是个设计师，女儿对色彩一点也不关心，我是因为这个才伤心的。世界上哪有比色彩更帅气的东西？"

"那是因为她不像你而像了妹夫才这样嘛。"

景雅被明惠的话堵得死死的。海林的外貌长得像景雅，性格却和她爸爸是一个模子里刻出来的。景雅的丈夫郑宝根是一位昆虫学家，研究薄翅蜻蜓。看起来普普通通的黄色蜻蜓，却是可以飞越七千千米的惊人生物。他这几年的精力全扑在这种昆虫上，追着它们跑了好几个国家。他还说人们太过关注帝王蝶的移动，而对薄翅蜻蜓漠不关心，这是极度以人为中心的外貌歧视，因此总是十分愤怒。他还算个不错的伴侣，因为他几乎从来不因其他事情生气。最开始海林喜欢鸟类的时候，他还因为海林喜欢的不是昆虫而是鸟类有些不知所措，但最终还是接受了这一点，并且教会她观察的基本知识。

其实景雅对海林的担心是有原因的。四年级的时候，海林和学校的朋友们相处得不是很好，也因为其他问题被班主任联系过家长好几次，夫妻之间的关系还差点因此变坏。越来越偏科的海林在学校也只是做表面功夫而已，担心这一点的人，世界上仿佛只有景雅一个。

“不久前我问她想要什么生日礼物，她说想要一个食茧。我查了一下，才知道那是猫头鹰抓了什么来吃后吐出来的东西。怎么会想要那种东西啊？”

“所以你给她买了吗？”

“没有，也得有地方卖才能买到啊！坡州有个地方叫咕噜鸟研究所[1]，我带她去那里看了看。”

“我的女儿们在那个年纪都想要什么来着？有点想不起来了。”

“最近我常常想，妈妈要是还在的话，是不是能把海林带得更好一点。”

听到景雅的话，明惠有些心疼地叹了口气。

“妈妈去世的时候海林才刚满周岁，确实只有她没什么记忆。”

1　参考《快来，这里是咕噜鸟研究所》，郑多美著，李长美绘，韩民族儿童出版社，2018年。

“为了照顾刚满周岁的孩子，我没能在葬礼上守太久，人们都说因为我不是亲生的才总是不在灵堂里。”

“哎哟，说那种话的人才不对。不管谁怎么说，你都是我们的妹妹，你知道在我心里你和明恩都是一样的，对吧？”

“说实话，比起明恩姐，姐姐你更宠我吧？”

“比起明俊，肯定是更宠你。”

两个人像小时候一样嘻嘻哈哈地笑着。失去亲生母亲，然后失去父亲，再到失去沈诗善女士，成为孤儿，直到现在景雅有时还不太敢相信，但身边一直有姐姐们，还有哥哥。想起爸爸和两个妈妈的时候，虽然会有不同的伤心，但只要不是特殊的日子，那些伤心就不会影响日常生活。

“不过，这次去了夏威夷的话，海林最喜欢的鸟说不定会变了，那里有很多色彩华丽的鸟。”

“我的人生，丈夫追赶着蜻蜓，女儿追赶着鸟儿。”

“圭林呢？”

“圭林啊，他真是个特别容易满足的孩子。”

“妈妈是八月去世的，正好圭林和海林都在放暑假，挺方便的。”

“真的好久没有家庭旅行了。”

两姐妹的心中浮现出20世纪家庭旅行时的景象，现在已经不在身边的人们开着车、挤在一起聊天的那些时光。

“海林曾经问过我她像不像外婆，那个时候因为她问得突然，不然我真应该给她好好解释一下，现在想想其实她和妈妈挺像的。”

“啊，对啊，灵魂可以很相像的。”

这次明惠回答得很肯定，景雅露出了微笑，虽然电话那头的姐姐看不到她的笑容。如果七岁时，记忆模糊的自己哭闹着和妈妈一起走了的话，所有的东西都和现在不一样了。很多偶然叠加在一起，也许妈妈不会出事故，沈诗善女士和爸爸是到节日才会见一面的关系，甚至也许会讨厌姐姐们。小时候应该也期待过那样的人生，但现在已经无法想象现有生活以外其他的生活了，在不知不觉间，这些时间已经塑造了她的人生。

6

拿上斯科菲尔德兵营的军人的脏衣服，顺路再把甘蔗农场和菠萝农场工人们的脏衣服收走，飞驰在长长的国道上。我最喜欢99号国道和82号国道，道路两边的农作物生长繁茂，还有那远处的大海，照射在汽车引擎盖上的阳光或夕阳都太美了，怎么看也不会腻。即使经受过再多苦，仍然能看到美好的东西，真是神奇。经历了那么多事还能被风景吸引住，这也许就是人类吧。并不是每天都能出去，大部分时间都在洗衣房工作。虽叫洗衣房，但其实就是洗衣工厂。只有司机休息的日子我才能开货车，车开得好这件事让我感到很骄傲。

我是在99号国道上遇到车抛了锚的马蒂亚斯·毛尔的。一看他就是不会自己修车的那种人，看上去也没有想修好的意思。他坐在货车后面正画着什么，那个时候我还错误地认为画画的人都是善良亲切的。

“你要坐我的车吗？我送你到有电话的地方去。”

我在不清楚事情状况的情况下就发出了邀请。毛尔熄灭了嘴里的烟，放进了铁质简易烟灰缸里。既然带着烟灰缸，那就不是强奸犯，有点后怕的我这样安慰着自己。我载着陌生的毛尔，他瞥到了我在发票背后无聊时画的画。

“你画画吗？”

“来这里之前我画过画。”

毛尔是个相信整个世界都在给自己暗示、为自己指明方向、给予自己灵感的人。偏偏在那条让人惊叹的路上，车抛锚了，帮助他的人又是在他眼中看起来神秘的东方女人，甚至还会画画……毛尔下决心要像收集旅行纪念品一样收集我。

在他的夏威夷之旅快要结束的时候，他提出可以给我提供受教育的机会。对于20世纪的女性来说，受教育意味着不同的含义，有可能真的得到了教育，也有可能因此落入危险的陷阱。只要想到即使如此也仍然渴望得到教育机会的女性们，我就想哭泣。

我不知道即将发生什么，但判断再一次出现了失误。他是在报纸上都出现过的名人，应该是一个好人吧。我从此开始了这场赌博。

如果我没跟着毛尔离开，而是留在夏威夷会怎样呢？那时候移民者们已经开始脱离农场，用聪慧和辛勤的劳动在岛上获得一席之地。我的人生也会和他们一样吗？我明明已经和毛尔说了我来自哪里，但他还是称我为他的“夏威夷女孩”，这对我还有夏威夷人来说都是无礼的行为。

——《最终留下的那个人》(2002年)

因为被明惠用力又执着地摇醒，智秀不得不比自己打算的时间早起了好久。

“妈妈，求你了……我是个晚上工作的人啊，在我自然醒之前可以不要叫醒我吗？”

“晚上工作是什么骄傲的事情吗？赶紧去把禾秀也叫醒。”

智秀实在抗争不下去了，刚走出卧室，就看到朴泰浩正在用力地用她的胡桃夹子玩偶夹着核桃。那是沈诗善拉着小时候的禾秀和智秀去看圣诞芭蕾演出时给她们买的玩偶。禾秀和智秀还在一个房间睡觉的时候，会把玩偶放在两个人的枕头中间。玩偶后来给了智秀，有一次玩偶的鼻子掉了下来，虽然用强力胶粘了上去，但现在看起来像是正在经受久违的“第二次危机”。智秀几乎能从玩偶的脸上读出可怜的表情。

“别弄了，爸爸，求你了，停下吧。”

一大早就开始向父母哀求。

“确实不太行，对吧？”

“当然不行了。你觉得能行吗？这只是在演出中心买的纪念品啊。”

“那也是，但至少它的名字叫胡桃夹子玩偶，对吧？我在试验它是不是值得叫这个名字。”

退休后，泰浩很享受到离家一两个小时远的传统市场买东西回来。最近的战利品是核桃。那里的核桃比商店里卖的更紧实，不好砸开。他每次吃的时候都要费力砸，不过核桃没有氧化的味道，吃起来很香。他不想用锤子，就想起了智秀的胡桃夹子玩偶。泰浩在其他方面并不是个无能的父亲，但总是发生这样的事，让智秀有些无语。

“不要那么用力地笑，会长皱纹的。”

不知是不是有愧意，泰浩正张嘴笑着，明惠泼了他一盆冷水。

“想笑就自然笑了，妈妈你说话太过分了。”

智秀悄悄站在泰浩这一边。

“就因为你爸爸长得帅才和他结婚的，要是变成河回面具[1]了，那还有什么用啊？”

“呃……别人如果这么对妈妈说话的话，妈妈你会开心吗？”

明惠可能听进去了女儿的指责，但嘴上不能认输。

“运气好的话还能用二十年的脸……我是说让他小心用嘛。如果是比较扁平的脸反而不容易长皱纹，但脸型立体的话就容易起褶子……该带他去打激光了。”

“又去？那个好疼啊。上次太疼了，就一直让我捏着一个橡胶球。”

“因为那点疼就受不了啊，我可是生了两个孩子呢。”

泰浩像是没怎么反抗就接受了明惠的批评和建议。虽然他能操控飞机，但自己被明惠操控了人生，不过他觉得现在没必要再改变了。年轻时的泰浩还曾因长相帅气被选为航空公司的广告模特，他那时对自己的

1　河回面具：韩国的一种面带笑容但布满皱纹的面具。——译者注

外貌还是有虚荣心的。

他们的相爱是个充满戏剧性又极富激情的故事。智秀姐妹俩是听着他们在广告拍摄现场相遇的故事长大的。虽然在脑海中重现的时候像是一场黑白电影，但看着现实中的两个人，滤镜就碎了一地。

“妈妈你们这一代对外貌太在意了。只要眼神一接触就形成对别人的评价。你试试哪怕一天不要评价别人的外貌。”

“你这又是看了什么公益组织的宣传？快去把你姐叫醒。”

智秀轻轻叹了一口气，放弃了改造父母的想法。她穿着还滴水的拖鞋穿过院子，进了姐姐家。

即使禾秀可以搬去很远的地方，她也仍然生活在联排住宅的另一间，这让人很难相信。

智秀很爱父母，但她很难与父母生活在同一个房子里。从刚开始赚钱起，她就搬出去自己住。从拥挤的小房子搬到另一个拥挤的小房子，即使这样也一直坚持着独立生活，只是偶尔才回父母家。禾秀应该也很难招架父母，但她选择了不同的生活，智秀觉得很神奇。

智秀轻轻敲门。尚宪已经做好了出门的准备。

“我姐呢？”

“她好像还没起来。”

智秀其实也没有真的要把禾秀叫醒的意思，只是为了拖延时间装装样子，于是坐到了厨房吧台的椅子上。

“姐夫，你吃早饭了吗？”

“我早上不太习惯吃早饭，但是对岳母说已经吃完了再出去是不是不太好……”

“我知道了。我和妈妈说你已经吃到把肚子撑爆了才出去。”

“是不是太夸张了？”

尚宪想挤出个让小姨子看起来从容不迫的笑脸，但掩藏不住的焦急反而露出了马脚，让原本不是很敏感的智秀都可以察觉到。

来机长家吃饭的副机长对机长的大女儿一见钟情，然后结婚，这是多么少见的、毫无算计的浪漫婚姻啊。他的心中是否也曾期待所有的麻烦事情都慢慢解决掉，只有幸福在前方等着自己呢？在自己的期待落空时，有些人会顿时气馁，尚宪怎么看都像是这种人。

智秀只能用尽全力装作不知道。她想了各种各样蹩脚的借口送像是逃跑的姐夫上班出门。

智秀沿着台阶走上二楼，把耳朵贴在姐姐的卧室门上。听不见醒来以后走动的声音。为了表示她已经完成了叫醒姐姐的任务，她走到更衣室开始帮姐姐收拾行李。不知道是不是没有把夏天的衣服都拿出来，放在外面的衣服并没有几件，要把放在一边的箱子都打开看才行。褶皱太多的衣服用蒸汽熨衣机熨平后晾干。

“我真是个好妹妹。”智秀嘟囔着。

智秀和禾秀并不是那么亲密的姐妹。智秀看着一起长大的朋友们的姐妹时，常常会感到震惊。亲姐妹之间都是这样像好朋友一样相处的吗？有些姐妹无论去哪里都要挽着手臂说说笑笑，穿着相似的衣服，甚至还会交换鞋穿；激烈的争吵后又迅速和好，相互分享每天的生活，每年还会一起旅行，几乎没有幼年到成年的分界线。禾秀和智秀不是这样的。她们的关系也不差，但她们并不需要对方变成朋友，也没有超过朋友那般亲近。

智秀反而和雨润关系更近一些。

禾秀勤恳整洁，充满责任感。能当上年级干部的一般有两种人：一种是很受同学们喜欢的，一种是有办事能力的。禾秀属于后一种，可以说是无论去哪里都可以放心把钱交给她管理的类型。禾秀选择了经营管理系，加入经营支援部都好像理所当然。和她相反，智秀是一路听着“你竟然是禾秀的妹妹？”的话长大的文艺部长。即使在主要由男生担任文艺部长的2000年初，在智秀的班级里，她都是大家一致推选的文艺部长。智秀就是这样的女孩子。

明惠常常这样说自己的二女儿：“我们智秀从小就很随性，所以不敢把什么事托付给她。”到现在也是，谁也不想把钱交给智秀保管，但谁都喜欢和她待在一起。两姐妹非常不同，正因为不同，所以很少发生冲突。拥有相似的遗传基因、生长在同样的环境里的两人竟然可以如此不同，她们自己也常常觉得非常神奇。禾秀对在学校庆典时穿着奇装异服、跳着难以描述的舞蹈的智秀很无语；而智秀也无法理解把毕业、就业、结婚都像老练地经营着小店的老板一样处事的禾秀，因为禾秀的兴趣真的就是欣赏一家商店是如何充满活力、没有负担地经营下去。

想到发生在姐姐身上的事情，以及让姐姐的生活按下停止键的事件，智秀觉得自己完全无法理解这个世界。虽然人生下来就这样活着，但真的无法理解这世界。这个世界这么混乱不堪，竟然还运转了这么久？这样的想法一点一点地占据了智秀的脑海。

过去，智秀常常这样问她的朋友们：

“我活得一团糟吗？”

“没有。”

“那是没得救了吗？”

“不是的。”

朋友们总是告诉她不是的，虽然智秀并不相信，但最近也不再问这样的问题了。这个世界是如此糟糕，身处其中的自己稍微糟糕一点也是可以的。像禾秀这样的人生活得太过端正勤恳，回头想想这种努力都是无济于事的……她多了很多的借口。

智秀决定成为禾秀与这世界中间的一条缓冲带，就像包装袋充满空气，人行横道与机动车道被绿化带隔绝，汽车门上贴了橡胶密封条。

就连家人们也不知该如何对待禾秀，他们异口同声说着“真是万幸”的时候，简直太可怕了。

“不管怎么说，没有伤到眼睛真的很幸运了。”

“能这么快就得到治疗已经很幸运了。”

“那个浑蛋再也不能伤害你了，想想也是万幸。”

因为知道家人们没有恶意，所以禾秀一直静静地听着，但终于还是爆发了。而智秀一点也不觉得惊讶。

“没有什么是幸运的！你们怎么能说出‘幸运’这种话？再说一次的话我就再也不会见你们了！到死也不见！”

就那样，“万幸”成了家里的禁忌词。大家都觉得很难与禾秀聊天，于是都来找智秀。

“如果没有流产的话，你的外甥现在应该已经出生了。”

“应该是吧。”

“你不会想你外甥吗？”

“都没有见过的小孩，我怎么会想啊？”

“想起来就觉得挺可怜的。”

“怀孕初期本来就容易发生流产。不要在姐姐面前说这种话。难道你们盼望姐姐像电视剧的主人公一样哭哭啼啼吗？什么‘可怜’，一点也不需要这样的话。”

“她说会再试试怀小孩吗？”

“那是姐姐自己决定的事情，绝对不要去问她这个。”

禁止这些不合适的话传到禾秀的耳朵里是智秀的责任。

她像忠实的守门员一样，将这些话统统拦回去，大声喊着“没有什么是万幸的”，让在沉默和睡眠中休息的禾秀不被打扰。

禾秀痛快地答应去夏威夷让她有些吃惊。本来以为需要花些时间说服姐姐，甚至如果其他家人坚持让姐姐去，智秀还想过要拦住其他人。如果她们是挽着手说悄悄话的亲密姐妹，自己能更看懂姐姐的内心吗？如果是那样的话，自己能做的会比守门员这个角色更多吗？

要是夏威夷能让禾秀开心点就好了，智秀这样想。

7

在德国杜塞尔多夫市科奈尔里斯大路的一栋建筑的扩建过程中，马蒂亚斯·毛尔的八幅未公开的作品现世。据推测，其中大部分是画家于美国旅行时创作的速写作品和未完成油画。其中一幅作品背面写的题目是《我的小小的夏威夷乳头》(*My small perky Hawaiian tits*)。据猜测，画中的人物是画家在美国旅行的回程中遇到的沈诗善，这幅作品与其他作品将经过复原处理，于K20现代美术馆进行特别展示。

——《美术××》，海外通信（2009年）

其他家人都知道吗？

奶奶的肖像画在漫长的旅程后来到火奴鲁鲁美术馆。也许这次旅行全家人会一起去看。雨润对那幅画的感情其实并不单纯，之前只通过照片看过，还是很想亲眼看看的。雨润想起第一次知道这幅画的那天，那天的记忆依然无比鲜活。

那天刚刚进入雨季，雨润穿着帆布鞋出门，鞋被淋了个透。她就那样穿着淋湿的鞋走着，结果磨破了脚上的皮肤，每走一步都能感觉渗进鞋里的雨水。

回到家中洗完澡，正在涂药膏的时候，雨润接到了智秀的电话。

“听说……发现了外婆的画。”

“什么？”

“听说外婆的裸体画被发现了。现在到处都在说这件事。上周不管是《图片报》还是《明镜周刊》都报道了这件事。据说德国财团的人和记者们现在都在外婆家里。”

“是那个人画的？”

因为雨润没跟上自己的节奏提出这样的问题，电话那头的智秀提高了声音："那还能是谁画的？我给你个链接，你看看吧。"

打开链接一看，画中的人绝不会错，那就是奶奶。

奶奶的头微微后仰，以一个不太雅观的姿势坐在比自己身体宽大很多的躺椅上。想到奶奶大半辈子都是这个姿势，雨润笑了出来。画中的奶奶虽然什么都没穿，但她脖子上戴着一条光泽很特别的翠绿色毛围脖。

"啊，我好像在奶奶家的躺椅上见过这条毛围脖。毛有点松散了。"

画中看上去是翠绿色的，但实际见过这条毛围脖的雨润知道那应该是深绿色的。画中的背景看上去像将要消散的影子，窗边有两只小鸟，但只能看清大致的轮廓，只有奶奶是被凸显的中心。如果他画得模糊些，就看不出是谁了。

"偏偏今年是 M&M 的百年诞辰。"

"奶奶有什么反应？"

"她让妈妈和两个姨都不要去看她。是觉得害羞吗？"

"奶奶可不是个会害羞的人。"

"你去看看吧。"

"我？"

"你不是离得最近吗？外婆对你也最心软。"

从平昌洞到付岩洞当然很近，但上坡和下坡都不轻松。雨润也不能对表姐发脾气说"那你倒是看看上下坡的高度嘛"，只说"知道了"。雨润不知道该穿什么鞋去，帆布鞋像溺死的动物一样被丢在玄关，雨鞋不适合爬坡，最后不得不穿上了高中时被当作室内鞋的耐克拖鞋。虽然拖鞋也有不利于爬坡的数万个理由，雨润还带上了一把高尔夫伞。

雨润一边走着，一边想着那幅画的题目——《我的小小的夏威夷乳头》，真是太过分了，怎么能把人称作乳头呢？奶奶不喜欢马蒂亚斯·毛尔也许就是这个原因。从姑姑们和爸爸的聊天中，雨润了解到毛尔是个暴虐的人。他们说他是个情绪不稳定、具有攻击性的人，还曾经有一两次伤害过奶奶。

那个人死了以后，奶奶是一种解脱的心情，还是像一种永远的诅咒一样无法摆脱呢？

奶奶在德国大概居住了七年，那之后又活了将近五十年。但让人无法理解的是，世人把她在德国之后的时间都缩略了，而将马蒂亚斯·毛尔描述得仿佛他是奶奶的一生最爱，尽管奶奶已经像发条娃娃一样说过无数次，那并不是爱情。真是没有责任感的媒体。

“出名会让所有的一切都被扭曲。”

奶奶到最后都没能摆脱这一点。

雨润的家人们偶尔将马蒂亚斯·毛尔称为M&M，这并不是给他起了一个爱称，而更像是为了削弱他的权威。德国战后绘画大师之一，在全盛期自杀后被无尽哀悼的悲剧艺术家……毛尔得到多少哀悼，奶奶就被当作他自杀的原因而获得了多少指责。雨润的家人们每每想起M&M，都不可能不怨恨他。

“总是不说清楚啊。”

那天，围在奶奶家门口的人中有个人这样说。

关于毛尔，奶奶总是表现出一副模棱两可、漠不关心的样子。那才是她啊。雨润悄悄笑了。十多个人从大门口出来，雨润安静地在旁边等着，等人都走了她才进去。也有人惊讶地看着她，但可能以为她只是个工作人员。

奶奶脸上没化一点妆，穿着平时的衣服，围了一条围巾，坐在地板上。她看雨润来了，指了指桌子上面，那里放着薄脆饼干和果酱。奶奶单靠吃零食续命已经很久了。

家人们都很担心奶奶的身体，但她还是非常固执。

“您决定去德国吗？”

“我这个年纪坐飞机说不定就死了。”

“那也是，您不想看看那幅画吗？”

“有时候会想那幅画现在在哪儿啊，没想到在我死之前还能找到。”

“奶奶您很美。”

奶奶呵呵笑了出来。雨润曾看过几张奶奶在夏威夷和杜塞尔多夫的照片。那些照片虽说拍得都很好，但照片中的奶奶看起来有些不一样。即使只是在屏幕上看到的照片，但有种鲜活的感觉。照片上当年的奶奶看上去和现在的智秀差不多大或稍微大一点。雨润有时会想，如果遇到那个时候的奶奶，两个人会亲近起来吗？

“您的腿怎么样了？”

奶奶没有回答，而是向雨润伸出了手。雨润笑着走到她身边，把她拉起来扶到了椅子上。奶奶只是比之前稍微虚弱了一点，行动上没什么不方便的地方，偶尔还是会像这样撒撒娇。

孙女们都像奶奶，脚腕和小腿格外结实。智秀常常嘟囔着“都是因为外婆，我们的小腿像小萝卜一样”，因此她还曾被教训过一次，奶奶面带怒色地说：“遗传了我能走遍全世界的腿，还有什么不满意的？”

“我要是自己不能在这房子里生活的话我就去死。不吃不喝。那时候你们不要太伤心。”

付岩洞斜坡尽头的家，这个奶奶独自生活、显得有些破旧和不便的家，曾经坐满了奶奶的朋友们。雨润能想象那个时候的气氛，能想象画家、雕刻家、摄影家、古典乐器演奏家和盘索里[1]艺术家、作家、演员、舞蹈家都常常进出于此的景象，这些常被提及的故事就像幽灵般有了幻影。

那时每周都来家里玩的一个叔叔，常把明惠姑姑的零食吃光，姑姑很讨厌他。有一天，明惠姑姑突然发现他竟然出现在了大女儿的课本上，吓了一跳。像这样的故事常常在家庭聚会中被当成笑话提起。

“那个时候怎么会和那么多人都成为朋友呢？领域都不一样啊。”

“贫穷的时候搞艺术的人不多，都是些又穷又特别的人，大家互相都很亲近。现在还活着的人已经没几个了，即使活着也都是躺在床上的了。把朋友们一个个送走太可怕了，你不知道有多可怕，我甚至会羡慕那些年轻时就早早病死的朋友。”

每次奶奶这样说，雨润都知道不回答可能更好。她打开冰箱，里面放着金枪鱼、橄榄油、玉米、虾、蛋黄酱、西红柿、鸡蛋和扇贝。雨润烤了几只扇贝。

她没有在餐桌上吃，而是和奶奶一起坐在沙发上吃。

“几年前，我吃章鱼寿司时，差点噎死。章鱼柔软的触手可能是进了我的气管，差点就用了海姆立克急救法。气管也会老化的，你也要小心。年轻人也可能因为吃章鱼寿司窒息而死。”

奶奶一边说，一边拉着雨润的手走到化妆台旁边。她翻翻抽屉想了一会儿，把一个翡翠项链递给雨润。不仅是雨润，每次别的外孙女来也是一样。见面的时候，诗善都会讲一个对生活有帮助的小窍门，然后给

1　盘索里：韩国传统演唱形式。——译者注

她们一只首饰。

奶奶对于首饰的审美比妈妈和姑姑们都好，所以雨润常常佩戴奶奶送她的首饰。

姑姑们并不掩饰对奶奶为什么不给自己而给孙女们首饰的不满。我也是会和隔一个年级的学妹关系更亲近啊，雨润这么想。

“这是什么时候买的啊？”

雨润很喜欢首饰背后的故事。

“大概是 20 世纪 70 年代吧，你爷爷买给我的。”

“要是没有遇到会怎么样呢？”

“没遇到谁？”

“不管是谁。”

奶奶手脚麻利地收拾起化妆台，想着如果没有发生过的事情。

“如果没有毛尔的话，我也许会一直待在洗衣房？可能最后还是会离开的，但得花上几年时间，也许还没机会上学；然后像其他的移民者一样过上自己的日子，再让下一代受教育，不过靠我自己可能太不现实了。这一点上我不后悔遇到毛尔。虽然他给了我很多痛苦，但他让我看到了我去不了的世界。然后你爷爷约瑟夫·利从毛尔那里救出了我……毛尔死了以后，随着他的影响渐渐淡去，我们也不太受到关注了。如果没有他人帮助的话，从那种情况下逃出来可能不太容易。洪乐焕是从好的同事变成了好的伴侣，本来想看看那是能持续多久的爱，但癌症阻碍在我们中间了嘛。要说遇上谁的话，三个人都应该要遇到；不想遇到的话，就三个人都不要遇到。”

雨润可以在很多地方读到关于毛尔的记录，但对约瑟夫·利和洪乐焕只剩下些模糊的记忆。特定年龄前的记忆很容易就挥发掉，这让人感到失落。即使从父母那一辈听来的各种趣事能像自己的记忆一般留下，但仔细想想那并不是自己的记忆。至少禾秀和智秀都还有某种程度的记忆，几岁的差异真的好大！也许是同样的原因，三个女孩中雨润最担心奶奶会离世，每天都坐立不安，虽然那是再自然不过的事了。

那天，和奶奶并肩坐在一起时，雨润给奶奶看了几个动物的视频。每当雨润给奶奶看这些东西时，她都很开心。奶奶最喜欢鸡尾鹦鹉开心地晃动着脑袋和沙丁鱼群从捕食者手中逃走的视频，雨润给她播放了两三次。

“再活一次的话，我想像鸟或鱼一样，成为灵魂轻盈的物种。”

雨润给奶奶读了一会儿书，又读了一会儿杂志。奶奶那副镜架变松但外形还保持不错的老花镜没有派上用场。

“你要睡一晚再走吗？”

一直在下的大雨渐渐变小了。

“我也想睡一晚再走，但是妈妈说给我做了干萝卜叶饭，不回去的话妈妈会有点失落……”

“干萝卜叶？怎么突然做那个？”

“不知道为什么突然很想吃。”

“你什么时候回芝加哥？”

“大概两周后吧。不过，奶奶，我不想继续学雕塑了。”

“怎么了？”

“说出来有些奇怪。我只能雕出怪物来，除了怪物什么都雕不出来。我好像在奇怪的地方才能施展才能，所以我想去洛杉矶做角色设计师。”

“那是做什么的？”

“是构思电影里出现的怪物。”

“你有已经做好的吗？”

雨润打开手机相册，翻出几张给奶奶看。

“哎哟，是挺可怕的，这说明你做得好。不过比起艺术本身，艺术的外延更有趣。我原来也是这样的。”

雨润说“奶奶，不要总是用过去式说话”，然后站在玄关处亲了亲奶奶的脸颊。亲吻要用干燥的嘴唇轻触她的面颊，这也是从奶奶身上学到的。

“你下次回来是什么时候？”

“机票太贵了，可能冬天就不回来了，明年再回。出国前我会常来看您的，明天我和爸爸一起来。”

“唉，不知我能不能活到你明年回来的时候了。”

“您不要这样说。”

奶奶真的在雨润再次回国之前去世了。在雨润没能参加的生日聚会上，在她像往常一样和大家聊天的几小时后……

雨润也没有去葬礼，不过没关系，奶奶不是把葬礼看得很重要的人，其实奶奶讨厌所有和“过去”结合在一起的词。在雨润眼里，奶奶是摩登女孩，大家的摩登女孩，她所有一切的根。她靠在还没有完成的怪物的鼻梁上哭泣。

……十年过去了，雨润独自一人坐上从洛杉矶到夏威夷的飞机。旁边的座位是空着的，有种奶奶坐在旁边的莫名感觉，雨润又悄悄地流下了眼泪。

于是她转过头去，装作看向窗外，脖子上戴着奶奶送她的项链。

8

搭乘前往法兰克福的飞机，是我人生的第一次飞行。听说杜塞尔多夫离法兰克福很近。

因为要给我办全手续，毛尔和原来的一行人分开了。至今我都忘不了那些人离开时对我的嘲笑。

飞机上我们两个人的座位一前一后。我从后面看着他在座位上方露出的鬈发后脑勺，感觉一切像疯了一样。胃里上下翻腾，我什么也吃不下。到了经停地才下飞机吃了点东西，但上了飞机后又全都吐了出来。就这样，在飞行的水平极差并且飞机常常坠毁的时代，人们还要经常乘坐飞机，现在简直无法想象。

——《如今已经过去的分岔路》(1991 年)

机场出发厅里挤满了脖子上挂着长焦镜头相机的人。

“他们是要去看鸟儿吗？”

海林自言自语着，智秀觉得这样的海林实在是太可爱了。

“看起来像是记者啊。”

智秀的猜测没错。为了拍摄一位以尖锐评论闻名的国会议员出发访美的镜头，记者们聚集在机场；一会儿又来了一个偶像组合，黑压压的人群移动着开始拍照。

“你去学校可以炫耀了，说见到了偶像组合。”

“可我不知道那是谁啊。”

“不知道？圭林知道吗？”

圭林也摇了摇头。智秀本来以为表弟、表妹肯定知道，心里不免有点遗憾，早知道就问问刚才的粉丝了，这会儿有点不好意思去问。

从仁川到夏威夷的飞机上，因为谁和谁坐在一起还出现了小小的混乱。明惠和泰浩坐在一起，尚宪要晚一点再去，本来智秀想和禾秀坐在一起，但因为禾秀想和明恩坐在一起，所以智秀就坐在了海林旁边。明俊和兰静、景雅和圭林并排坐在了中间。

“海林竟然愿意跟着智秀。”景雅觉得很意外。

“小姨，你说这话的时候能不要那么惊讶吗？”

“我也没说什么呀。”

“你的语气已经很明显了！”

智秀生活中有些自由奔放，很难被视为小学生的榜样。

但当海林小而温暖的手把她的手攥在手里时，智秀的心情顿时明朗。她在心里下定决心要成为让孩子信赖的大人。

留在韩国的人是宝根，因为他要负责照料每一户的植物。

“还有几盆是妈妈留下来的，估摸有三十五岁了吧，如果有一盆死掉你就麻烦了。因为你是生物学家，所以才让你照料的。”景雅在出发前十天就开始不断吓唬宝根。

“不是，这领域也差得有点远……”

“我可不是在开玩笑，每家都留下了指导事项，你就按照那个执行。”

宝根这才发现明惠、明恩、明俊设定的家门密码都是沈诗善的生日。

“什么嘛，这样的话，只要猜到一家的密码，其余几家就不攻自破了嘛。小偷要是不把我们都偷光才奇怪。等旅行回来就换密码吧。”明恩提议道。

“你换吧。我不会换的。反正我也没什么可被偷的。”明惠没有当回事地回答道。

“我是真的要换掉。”

明俊因为正在进行作品修复工作而警惕心变得很重，结果当天就换了密码。兰静觉得丈夫有点小题大做，但也没有拦着他。

“家里空得太久，还是会有点牵挂啊。”

“飞行时间太长了，就去几天的话有点不值得。”

明俊上了飞机后依然很焦虑，兰静没理他，打开了电子书阅读器。电子书阅读器大概只有两百克重，放在手中也没什么负担，真不错！

要是以前用手推车拉书的人知道了该有多愤怒啊，兰静心想。

生而逢时，我们中的大多数人都没有那么幸运，而不幸也只会蛰伏在幸运的阴影下。

“我应该留下更详细的笔记再走，应该把我已经做到哪一个步骤、是怎么做的，都逐一写下来才行。万一就这样坠机的话……”气流颠簸时，明俊忍不住嘟囔道。

“你随便拿一本读读吧。”

兰静连头都没抬地和明俊说。她如果想要屏蔽“死亡”这种念头的话，就会选择去阅读。对抗死亡的最简单的方法就是阅读，她想和与之有此共鸣的人彻夜长聊。

“二姨您最近都在忙些什么？”

禾秀问，起飞时她就睡着了，这会儿因为气流颠簸醒来。

明恩对禾秀用敬语有些在意。之前不是一直都不用敬语吗？其他外甥女对她说话都比较随意，不知从什么时候开始禾秀用敬语了。

“我们发现了一个地藏菩萨，最近在研究这个。”

“哦。”

“你想看看照片吗？”

禾秀点了点头。明恩拿出调成飞行模式的手机，打开了电子相册。

“怎么样？”

“头部好大啊。是之前修建的原因吗？”

“不是……现在做得好的手艺人也能做非常大的。这个比例是因为做的人手艺不精，虽然也不知道是谁做的。”

“他一定不知道几百年以后还会得到差评。”

“几乎快一千年了！”

听到明恩说快一千年了，禾秀扬了扬眉毛。

明恩在心里想，外甥女扬眉的方式和姐姐很相似。

“你知道地藏菩萨原来是女性吗？”明恩和外甥女继续有一搭没搭地聊着。

“可他看起来像个大叔。”

“嗯，听说原来是印度的大地女神，在后世的流传中逐渐变成了男性。”

“他的眼神怎么这样，他在看哪里？”

禾秀伸出手指一点点放大照片。

“在看肩头后面，因为挂心没能拯救的众生，所以回头看。”明恩说，“同事之间不是常常开这种玩笑嘛，如果有那种总想照顾好每个人、独自把所有工作都做完的人，就会跟他说：不要像地藏菩萨一样活。”

明恩没能逗笑外甥女，有点尴尬。

“外婆活着的时候偶尔会读佛经，她信佛吗？”

“现在那本佛经在我这里。她不信佛，只不过是喜欢读古老的文字。她说读着人们口口相传记录下来的文字，内心会变得平静。她也读《圣经》，什么都读，应该只是读她喜欢的部分。”

“内心变得平静？”

“嗯？”

“内心真会变得平静？”

“书上也那样写嘛，觉得在安慰中感到愤怒，在愤怒中得到安慰。没有别的办法吧。你想读的话把佛经给你？”

“不用了。”

过了一会儿，禾秀就闭上眼睛了。明恩感觉着禾秀的气息，她知道外甥女并没有真的再次入睡，但心里已经很感谢对方为了和自己说话做的努力了。

海林说了好一会儿鸟的故事，然后发出浅浅的鼾声睡着了。她的眼皮到眉心有一块红色的胎记，像是谁用拇指恶作剧似的按了一下。

智秀曾偶然听过妈妈和小姨的电话，知道海林去年在学校发生了什么问题。是因为这个胎记而被开玩笑吗？但是看上去并没有那么惹人讨厌，而且睁开眼睛的话几乎看不见……

智秀想起那时海林还不清楚禾秀身上发生的事情，看到禾秀身上的疤时，海林说：“咦？姐姐你也有胎记啊，怎么之前没有发现呢？”那时空气骤凝。

现在海林已经都知道了。

“姐姐，让我听听音乐。”

不知圭林是不是从卫生间回来的路上听到了，他伸手向智秀要音乐听。智秀把手机解锁后递给他。

“喂，这里面可是我下一场表演要用的新曲子，谁都没有听过，因为是你要听才给你的。”

“知道了。”

圭林郑重地点点头。智秀想，景雅小姨因为有圭林和海林，生活应该很有趣吧。

智秀连上了飞机上的影音系统，来来回回地换着频道，虽然音质很差，但她相信如果能发现一首新曲子的话，这天也会是美好的一天。还剩下六个小时的飞行时间，还有充足的机会。

9

读《普贤行愿品》中的随喜功德时，总是忍不住感叹。为他人的功德而喜悦，这世界上还有比这更不嫉妒的心吗？

投身文化界，总是不由自主地陷入嫉妒，曾想偷走别人的作品，也曾嫉妒他人未经坎坷的优越人生……嫉妒是推动文化发展的动力之一，但更多的时候发挥着副作用。

我想拥有不会嫉妒的心。没有任何坏心思，内心也一片透亮，也许是凡人终究达不到的境界。越读越觉得不错，还曾想过将女儿的名字取为“随喜”。我女儿们的名字分别是“闪亮的内心”和“闪亮的笑容”的意思，都是认真取的名字。再生一个叫“随喜”已经有点晚了。

——《月刊佛教 ××》，作家的经典（1978 年）

飞机着陆前两小时，明惠做了个噩梦。梦中自己不知为何无法逃离二十二岁时的第一次婚姻，正在集中精神吵架——

“发生在我们家族的事，你到底有什么资格说都是没发生过的？你凭什么？”

“你也并不在现场啊。那你又是怎么确信那件事是真的发生过？”

那人是明惠的初恋。两人写了很久的信，很难抽空见一面。为了离开太过拥挤的家，明惠和职业军人的他结婚了。放到现在算是早婚了，但在那个时代，二十三四岁时大家都结婚了，也不算什么很特别的事。明惠很爱妈妈，也很清楚妈妈对这个家和弟弟妹妹们的某种程度的无视，她并没有好好照料这个家。明惠没办法再承受这种混乱的状态，支离破碎的自己已经筋疲力尽。明惠只想逃出付岩洞的家，自己去过简单的日子，只照顾好自己就可以了。

“是啊，我也太过依赖你了。如果你确定这样会幸福的话，我知道了。”

诗善和其他家人都没有反对。

举办完朴素的婚礼，明惠搬进了军人公寓。周围有人猜测她是不是因为怀了孩子才结婚的，但明惠一直在上学，谣言也就渐渐消失了。前两年像过家家一样，日子还算过得不错，然而从某一天开始，明惠和丈夫的争吵变多了。

“怎么会随便杀害平民呢？这像话吗？肯定是破坏分子编造的。”

“他们被埋在荒山，我爷爷奶奶还有叔叔们都埋在荒山。”

“肯定有什么误会，调查一下就知道肯定不是那样了。”

战争时，沈诗善早早就跟着远房堂哥夫妇去了南方避难。其他家人因为要和住在首尔和义州的亲戚会合，所以晚一步出发，但在到达之前他们被人举报了。邻居举报曾在日本留过学的老二沈诗哲是间谍。仅仅四天，诗善的家人就和被诬陷为反叛者的十几个村民一起被拉出去枪杀了。有人说那时候被埋的有三十人，也有说七十人的，总之没有人知道准确的数字。沈诗哲的政治倾向究竟是什么，也从来没有公开过，那之后也没人知道他的行踪，不知道他和举报他的邻居是否有什么过节……等沈诗善得到消息，已经过了些时日。从村子里逃出来的人找到她，告诉她绝对不要再回去，老家除了被烧毁的房子什么都没剩下，如果沈诗善回去的话，也只会被杀害，即使不被杀害，也不知道要遭受什么可怕的事。

“妈妈到现在也不愿提起当时的事情，太痛苦了，所以不能想。”

“岳母肯定记错了。战争中谁能记得发生了什么事？肯定是有人编造的。”

远房堂哥的妻家后来主导了移民夏威夷的事。他们给战争结束后无家可归的沈诗善发了很多国际信件。早早就移民到夏威夷的这家人，有个得了肺结核并且不知哪天就会死掉的邻居，作为那个邻居的照片新娘，可以避开愈加严格的移民法。那几乎是最后一批照片新娘。也许是为了在那个困难的时代里减少一张吃饭的嘴，抑或是不方便让亲戚家的小姑娘做保姆，沈诗善没问远房堂哥理由，默默地接受了安排。

沈诗善开始时还有些担心，万一真的要和那个人结婚该怎么办，堂哥告诉她不用担心。就像信里说的那样，那个男人在沈诗善到达夏威夷的两天前就死了，只需要找一个和那个男人长相极为相近的人来港口接她就可以，因为没有丈夫来接的话，就无法离开入境管理所。当时的拍照技术和行政系统都不像今天这么发达，诗善想起来觉得是一种侥幸。远房堂哥后来回到T乡想要打听当初发生的事，以及家人们到底被埋在哪里，但没能打听到任何消息。这不是一个人就能搞清楚的事，而且那时问得太深还会让自己也陷入危险。堂哥看过一个又一个凶恶的、死水般的眼神之后，写信给她说没有什么能做的了。

那就是诗善家族的历史。

明惠再也无法爱着丈夫了，虽然除了认为明惠家族发生的事是子虚乌有，他并无其他过错。她想扇说出这种话的丈夫一个大嘴巴，想把家里的东西都摔碎！在平复这些情绪的过程中，她对丈夫的爱也消散了。丈夫居然否认妈妈多次讲给她听的人生故事，她无法与这种人继续生活下去。

明惠回到家里的时候，谁都没有再劝明惠回去。和泰浩相识是在继父公司工作的时候，她不像现在的年轻人一样选择独自生活，而是像斗争一样选择了再婚。

明惠出了一身冷汗，她刚站起来，泰浩就把一瓶矿泉水递过来。

“有点冷吧？把我的毯子给你？”

从机舱电子屏幕上已经可以看到夏威夷岛了。

“为什么租了三辆车啊？”

明俊办理租车手续的时候吓了一跳。

“我解释的时候你都听什么了？”

“你讲这个了？”

兰静赶忙戳了一下丈夫的手臂。明惠总是更喜欢兰静。

“我们不是来团体游的，而是要各自行动，所以需要好几辆车。”

租的车是混合动力汽车，小巧却实用，其中两辆是白色，一辆是红色。几个人在明惠听不到的地方嘟囔着“既然来了美国，就想坐坐宽敞又华丽的车”。分好车后，大家约定到住的地方再碰头。明惠没有订威基基海滩的酒店，而是选了火奴鲁鲁市内的地方，开车大概需要三十分钟。到了住宿的地方，大家看到雨润正坐在自己的行李箱上。

“雨润啊！”

智秀开心地打着招呼，雨润先站起来拥抱了兰静，然后又拥抱了智秀。也许是好久没见了，海林也和雨润打了招呼。

这个民宿有一个巨大的主院和相对较小的别院，可以让客人充分保护各自的隐私。

“大家洗漱休息，我们两个小时以后在主院客厅见。”

明惠下了命令，大家都回到各自的房间了。

“水压怎么样？”

景雅问打开淋浴喷头的明恩。

“就那样吧。”

“早知道就带一只能增大水压的喷头来了。”

“旅行的时候怎么会带那样的东西出来啊？”

“本来行李就已经多得像搬家了，再多带一只喷头不算什么。”

景雅回到自己房间，看见圭林趴在沙发上。她的视线寻找着海林，海林正站在庭院的花中间。

“妈妈，这里有暗绿绣眼鸟。”

真的有一只和叶子的颜色很像的淡绿色小鸟。

“确实像夏威夷的鸟啊。”

“不是的，它的种类是亚洲鸟类。它怎么会来这里呢？”

“眼角的白色线看起来很可爱。”

“妈妈，我要去书店。”景雅知道，无论带海林去哪里，都要先去当地的书店买好《鸟类图鉴》才能开始旅游。如果不先带她去的话，就会让其他人很困扰，于是景雅答应她等大姨讲完话之后就马上带她去。

大家顶着一头潮湿的头发，聚在客厅里。使用浴室没有什么不方便的地方，问题是吹风机不太够。大家都想着总有人会带，结果谁都没带吹风机。

“听说不好好吹干的话会掉头发。”泰浩有些不满。

“听我说。”明惠站起来，所有人都看向她。

“忌日晚上八点开始祭祀。因为是十周年，所以就进行这么一次。祭祀不是大费周章地拜供桌，而是那天让大家把在夏威夷旅行时开心的瞬间，或者觉得‘活着也很值得’的瞬间收集来——可以是象征那个瞬间的什么东西，也可以不是物体，分享经验也行。”

景雅好久没有听到大姐说敬语了，虽在心中默默说“这是在公司讲话的语气”，但仍感到很高兴。

“好难啊。”

“但突然有了胜负欲。”

“怎么能在祭祀这种事上产生胜负欲啊。”

因为这个特别的祭祀计划，家人中出现了一阵短暂的骚动。

“妈妈年轻的时候曾来过这个岛上，我们也该在这个岛上一起纪念妈妈，用与妈妈有特殊联系的物品来祭祀……”

“有什么奖品吗？”

“没有，怎么说也是祭祀，发奖品有点不合适，大家会献上掌声。”

“哦哦。”

虽然这么说，但大家还是忍不住露出激动又期待的眼神。

“哦，对了，草裙舞我会去学，也预约好了，你们都不要选这个。”

明惠先发制人。想象着总是有些僵硬的明惠跳舞的样子，几个人悄悄笑了，当然，这神情明惠没发现。

10

“走，走吧。你留在这里的话，这里就会变成火海。”娜玛卡说。

“但是姐姐，我喜欢这个岛。”

“你得走了，你另寻他处吧。你会带来火，会有一个火之岛等着你。”

佩蕾接受了这趟旅程。有留在娜玛卡身边的人，也有跟随佩蕾离开的人。

——《沈诗善读夏威夷神话》(1989年)[1]

1　这段神话讲述的是夏威夷火山女神佩蕾和大海女神娜玛卡的故事。

第一天，明惠、明恩和景雅一起去上了草裙舞的一日课程，明惠也邀请了明俊和兰静，但那两个人说要去博物馆，拒绝了明惠。这是个过程并不激烈的拒绝。

到达授课的地方，她们本以为是在室内上课，结果老师把学生们带到了庭院里，眼前是修剪平整的草地。她们把包和鞋放在一边，光脚踩在草地上面。上午十一点，草被阳光晒得恰到好处，有些干燥，有些温暖，让人心情愉快。三姐妹穿着舒服又宽松的裙子。老师像是对她们的穿着很满意，笑着点了点头。老师的头发已花白，漂亮地扎在脑后，声音充沛有力，流露出一股威严的气势。

室外音箱中传出了用尤克里里演奏的夏威夷民谣。从世界各地而来的大概四十名女性，以一定的间隔站好，看向老师。

最先学习有关太阳、月亮及大地的动作，然后是家。表达家的时候，关键的动作是两个大拇指不能触碰在一起。所有的动作为了方便记忆，都是成双成对的：悬崖和山，雨和瀑布，大海和波涛，风和椰子树，眼睛和手，微笑和肩膀，花和闻香，花环和爱情，开始和结束的动作……

在阳光中，从世界各地来到夏威夷的观光者聚在一起学习夏威夷舞是使人感到充盈的人生体验。学舞蹈的人中也有年轻人，不过中年人更多。看不出来大家是像明惠三姐妹这样结伴来的，还是和朋友一起来的。

薄汗被微风吹干。庭院很好地利用了建筑的阴影。

明惠感受到一种在冥想状态时在心里慢慢升起的光芒。但因为要记住每一个动作，心中也不免泛起一阵焦躁。课程一结束，她就用简单的笔记和图画记录动作。明恩和景雅一直在旁边等明惠记完笔记。

“你们要不要也一起上这个课？我们三个一起跳。”

明惠问两个妹妹，两人都摇了摇头。

“我想去看火山，姐姐。”

明恩很真挚地说，明惠想起她在明恩的行李里看到过登山鞋。

“想看就去看吧。”

“嗯，我要去夏威夷大岛。”

“景雅，你有什么打算？”

“我……要做我真正喜欢的事。”

老幺还真是老幺，明惠笑了。她等人们都走后，向老师预定了一周的课程，老师微笑地看着她。

明惠却陷入了短暂的思索。总是想要获得权威女性的认可，到底因为什么呢？因为自己是沈诗善的女儿？还是因为自己是长女呢？

三姐妹走出上课的庭院后，听到身后老师在叫她们。

“我想送花给你们。”

“啊，谢谢。”

“花和你们的裙子很相配。”

老师从大门旁的树上摘下三朵香气沁人心脾的白色花朵，分别戴在了明惠、明恩、景雅的耳朵后面。老师是个能看出女性年龄的人啊。

“这个花叫什么名字？”

“鸡蛋花。”

“我明天会再来的。”

“我知道了。”

收到花的三个人特别高兴。她们想着有没有更好的感谢方式，但最后还是不自觉地鞠躬低头，这个方式太亚洲了。

这香甜又不厚重的香气跟随着她们飘了好久。

明俊和兰静开着白色的车到达了毕夏普博物馆。本来他们看上了红色的车，但智秀已经开走了，也许以后几天红色车会很抢手。

“听说这个博物馆是19世纪末，查尔斯·里德·毕夏普为纪念他的妻子——柏妮丝公主而建的。”

兰静是那种旅行前会买各种类型的指南书，反复阅读后把内容都好好标注的人。所以明俊什么都没有准备，他喜欢在一旁听兰静讲已经整理好的信息，同时欣赏将相关信息娓娓道来的兰静的表情。姐姐们都指责他太懒了。

“老婆，你死了的话我也给你做个什么东西吧，也修一座建筑？”

“你觉得你会比我长寿吗？还挺有野心的。”

兰静把帽子摘下放进包里，嘲笑着明俊。

“书上写这里一共有两千四百万件遗物，我们进去看看吧。”

建筑本身并不宏大，但用树木搭建的内部构造很独特。

“展品外框都是用寇阿相思树做的，听说造价比整个建筑都要高。”

“寇阿相思树？”

“是一种生长在夏威夷岛上的高级木材。这种树木在火山灰里也能长大，特别神奇，听说做成乐器的话，发出的声音很好听。”

“老婆，你真的没有不懂的东西啊。”

兰静没有把明俊的称赞当回事。讲解员正指着地上画着的太平洋地图，对上面的舷外浮杆独木舟做着解说。

明俊是在意大利留的学，所以英语水平也就那样。和他相比，兰静年轻的时候学过商务英语，所以到现在还会时不时冒出几句高级英语。

明俊不能理解兰静为什么不回到职场工作，也许这是自己的错。孩子生病了，家里急需用钱，因为这个而让如此特别的女人待在家里，有时他分不清是这世界的错还是自己的错。

“大致看看就行了，我们去美术馆吧。”

看着挂在博物馆顶上的抹香鲸，明俊催促着兰静。

“那只鲸鱼很有来头。在大多博物馆都流行在屋顶上悬挂鲸鱼骨的时候，这个博物馆花了大价钱引入了这只鲸鱼。结果后来才知道这只鲸鱼来自大西洋。”

“真的吗？”

“很好笑吧？一只挂在太平洋中间的大西洋鲸鱼。”

“嗯。”

兰静在家里整天都在看科教节目，守时程度就像学校的课程表。

“你一个人去美术馆吧。”

“嗯？”

“这里有行走着的书。”

兰静用眼神指了指那边走廊，一个伛偻的老人走过，那是刚刚讲解波利尼西亚航海技术的讲解员。

“这里不是一天就能逛完的，我要在这里待几天。”

“真的吗？”

“我也喜欢美术，但是没有你那么喜欢。一会儿到闭馆的时间你再来接我吧。”

喜欢美术馆的人和喜欢博物馆的人结婚的话，看上去一拍即合，但也常常会发生两人谁都不让步的事情。明俊把博物馆留给妻子，自己开车去了美术馆。

美术馆比想象中规模要大，展品也很多，明俊很满意。只不过，他特意没有去挂着妈妈画像的展厅。从入口处能隐约看到青绿色的一角，明俊扭过头不去看。

那幅画应该要全家人聚在一起的时候再去看。

11

后来我只见过一次在夏威夷认识的人，那是在旧金山。

关系很好的作家办了展览，我受邀一起去，那人应该也是听说韩国画家开展览，所以来看展的。在人群中看到曾经见过的面孔，那种喜悦是难以言表的。我们笑着看对方，紧紧拥抱在一起，过了好一会儿才想起对方的名字。两个人都没有因想不起对方的名字而遗憾，反而笑得更开怀了。

“我现在生活在美国了。诗善你呢？”

“我转了一圈又回到韩国去了。”

“回到韩国”这句话真让人震惊，虽然我不会仔细说这一圈里我都曾经历过什么。

偶尔我会想，如果一直生活在夏威夷的话，那会怎么样呢？韩国人的圈子分为两个政治派别，并且尖锐地对立着。听说随着一代又一代的发展，气氛也变了。我最终能习惯那一切吗？我曾读过有关平行世界的书，但还是希望那样的东西永远不要出现。

——《最终留下的那个人》（2002年）

“你不觉得好笑吗，我们家的大人们？”

智秀说这句话的时候，雨润没有马上听懂她的意思。

“哪里好笑？”

“他们到了夏威夷以后都忙着学什么课程。普通家庭都不会这样吧？”

“啊，他们还真是一点也没变。”

两人想起了小时候家族旅行时，大人们坐在大巴车前面，集中注意力听导游的问题并举手回答的样子。真是些特别喜欢学习的人啊。

“小时候还觉得挺丢脸的，现在又觉得很可爱。妈妈爸爸，还有姑姑们。”

“这都是从外婆身上遗传下来的特点吧。”

“应该是吧。”

“所以外婆就从这里离开到德国去了，为了学习而离开这么美的地方，为了不管学点什么都要离开。”

听着智秀的话，雨润点点头。

她们正坐着去往威基基的电车，窗外吹来一阵阵风，套在泳衣外的轻薄连衣裙轻轻地飞扬。坐在两排之后的海林和圭林没什么话聊，但专注地看着窗外的样子一模一样，智秀呵呵笑了起来。

“小姨生的孩子还真是一个模子里刻出来的。”

“别笑他们了，海林那么喜欢姐姐你，你取笑她可不行。”

“我们雨润那么小的时候也特别可爱来着。”

“也没差几岁，现在在这儿装姐姐。”

“你的韩语怎么就没退化呢？一句话也不输给我。”

出来看看真好！雨润和智秀说要带着圭林和海林一起出来时，姑姑什么都没说，但雨润看到妈妈的脸上掠过一丝不安。雨润想把手放在妈妈的背上说：“妈妈，你不要担心，放心地相信智秀和我吧。”智秀有过突然换了工作去旅行的“前科”，而且应对危机时总是一副强悍的姿态，雨润也在国外独立生活好几年了。

“姐姐，我到了海边要学冲浪。”

雨润宣布着自己的计划。

“嗯，想学就去学。”

智秀把带着网兜的海滩包放在脚下，没怎么在意地回答。她并不知道学冲浪对雨润来说意味着什么。

雨润小时候生了很久的病，病好之后她再也没有尝过充满活力的青春的滋味。一起生病的朋友中，有人勇敢地活着，即使下一秒死去也不会后悔，而有人每一秒都小心谨慎地惜命而活，雨润很明显是后一种，她并不喜欢这样。所以，在到达威基基的时候，她决定无论如何都要去学冲浪。与其说是真的被冲浪吸引，不如说冲浪是雨润能想到的最冒险也最危险的运动，甚至会有死亡的可能。“我不是那么勇敢的人，但我也不是胆小鬼。”雨润要给自己一个证明。她早饭故意少吃了一点，准备好了充足的现金。

"姐姐，我也要学。"

从电车上下来，圭林还跟着雨润。智秀和海林在比较浅的地方学潜水。

哪个摊位的教练教得好，每本向导小册子上写的都不一样。等到了海滩，雨润和圭林都不好意思挨个去问这些陌生的教练，于是二人决定碰碰运气。再说，写向导小册子的人也不是跟所有的教练都学过冲浪，而且小册子上的教练也不一定现在还在教。负责报名的接待员用一种评判的眼神打量雨润，像在判断雨润的身体是否符合冲浪的条件。雨润和圭林在接待员的带领下把随身物品存放在没有任何安保措施的桌子上，然后走向海边。

分给他们的教练名叫安迪，看上去有四十多岁。他的黑色鸭舌帽在海水的长期浸泡下有些褪色，脂肪像被海浪吞掉了一样，身材好得可以做人体模型。雨润心想他应该是个很有经验的冲浪手。

"莱昂纳多·迪卡普里奥和他的女友也是跟我学的冲浪。从韩国来的著名演员'裴'也和我学过冲浪。"

裴是裴勇俊吗？也有可能是裴斗娜。难道是裴正南？

安迪只能记住姓，而雨润没有那么擅长刨根问底。

"迪卡普里奥的女友太多了，到底是哪一个呢？这三个人的冲浪技术都好吗？"雨润最大限度地回应着安迪的炫耀。

在海滩上，安迪简单讲解着从冲浪板上站起来的方法。仅仅是地上的课程，雨润就已经筋疲力尽了，但她不想让别人看出来。雨润不知道自己能不能真的在水上也站起来。她在脑海中模拟瑜伽的过程，先提起胸部的话，就需要柔韧性，抬起一边的膝盖需要平衡力，用两只脚站立需要爆发力和耐力。

和她相反，圭林的运动神经很发达，已经跃跃欲试要去海里练练了。

“好了，现在我们到海里去。”安迪提议道。

“这么快？”

“难道你要一直在地上吗？”

雨润学着其他人，想单手提起冲浪板，但冲浪板比她想象中的重很多，她只得两只手吃力地拖着冲浪板往前走，甚至有几次冲浪板掉在了地上。安迪把自己的冲浪板扔进海里后回过头来帮她抬着冲浪板。雨润觉得自己过去六个月的运动真是毫无用处。她总是希望自己能更强壮一点，能轻松提起沉重的物品，所以一直坚持着体力训练。在能轻松提起水桶后，雨润感到了一丝欣慰。而现在提不起冲浪板让她的自尊心又受到了打击。

在海滩上就有些吃力的雨润，到了海里更是惨不忍睹。她要用手臂使劲划水才能到海浪上去，但她总是被小小的波涛打回来。凭雨润自己完全无法前进。

“姐姐，你用点力气！”

已经来到可以乘浪位置的圭林给雨润加油，但听上去像在气她一样。

“我已经在用力了！”

安迪露出了“这次的学生没法炫耀了”的表情，最终只能用自己的脚钩着雨润的冲浪板前端。雨润看着安迪的脚底，那双在炽热的沙滩上数十年锻炼出的粗糙的脚底，她有些后悔自己来学冲浪这件事。

离海滩不远，海里有很多像雨润一样的新手冲浪者，脸上都露出有些后悔的表情。当合适的波涛过来时，教练们就互相定好顺序一个个把学员推到波涛上去。大部分人划不了几米远就失去了平衡；划了十米远的人想要站起来，却从冲浪板上掉了下来。雨润身边划过一个动作已经非常熟练的小朋友，还有一只和主人一起坐在冲浪板上的波士顿梗犬。

她不自觉地用尊敬的眼光看着他们。

雨润很快就没有了看别人的轻松，她不知掉进水里多少次。水并没有很深，脚腕上也绑着连在冲浪板上的安全带，本身并没有那么危险。问题是海上到处都是石头和死去的珊瑚，新手没有办法决定自己落进水里还是落在障碍物上，所以好几次她都掉落在不太理想的着落点。雨润虽然穿了冲浪衣，但没起到什么作用，身上有好几处划伤，幸好没有碰到脑袋，上了岸才发现手肘处出血了。不停地掉落、晃动、喝进海水，她快要呕吐出来了。

想要呕吐的感觉雨润再熟悉不过了。哪怕小时候的住院生活变得再模糊，呕吐感和疼痛感都像老朋友一样藏在记忆深处。

那时候非常无聊。姑姑们来看她的话，她就会很开心，但每次访客一走，她就会难过地大哭，让妈妈很为难。那时的所有事都仿佛上辈子发生的一样。

人的记忆是从哪里开始分节的呢？

妈妈和爸爸仍然被那段时间的记忆支配着。因为她的病，妈妈和爸爸坚信危险无处不在。本来只是和同学玩躲避球时被球击中，脸上肿了一点，他们竟然给扔球的孩子的父母打电话。流感稍微严重一点，他们就不想送雨润去上学，完全不允许她骑自行车或滑滑板。只要是动物都不能靠近，不管是家庭宠物还是野生动物，而大部分植物都被看作是有害的。她也不敢想象去近处或远处旅行。雨润开始独居生活的时候，他们甚至买来了大型灭火器。最近因为总加夜班，他们还想去质问公司，雨润好不容易才拦住。

他们只有对雨润是这样的，自己遇到轻微的交通事故时却不愿意去医院看看。

“这是从后面撞了一下吗？以后越来越疼怎么办？”

“哎哟，没事。”

在说服父母的过程中，雨润更茫然了。妈妈和爸爸原本并不是惶惶不安的人，是因为雨润才生出的一种后天的不安。一种强烈的负罪感和背叛感裹挟着她。

怎么会这么伤心呢？雨润生病也不是她自己想的，而现在即使雨润再努力也无法改变自己的父母了。不是只有子女会让父母伤心，反过来也是可能的。最让她感到伤心的是妈妈看新闻哭的时候。看到有人失去孩子时，妈妈只要 0.4 秒就会落下泪来。

“我知道那种感觉，我知道。”

雨润希望妈妈不要再看新闻了。这是个小孩殒命太常发生的世界，而这样的新闻往往让人感到失望。妈妈一整年都不停地给失去孩子的家庭捐款，而这种持续的行为丝毫无法减少她的不安。

“妈妈，我没有死。因为没有死，所以更要真正地活着啊。”

雨润在房间里贴了一张用帅气的手写体写着“Live a little”的海报。在这句话下面画着巨大的波浪，浪尖上有一个宛如小点的冲浪女孩。雨润早已不是小孩，但在妈妈心中，自己好像永远是那个生病的孩子，所以她决定要学冲浪。

Live a little，我要活得精彩。

当然，妈妈现在并不知道雨润在学冲浪，也不知道她这两个小时一直在不停地从冲浪板上掉下来。也许就这么放弃的话，都不需要和妈妈提起。安迪夸奖了已经能很好地站起来两次的圭林，然后用一种难言的表情看了看雨润。

雨润拼命地挂在冲浪板上，不去面对安迪的视线。

“嗯，今天时间到了，明天再来吧。最后那一次你也快要能站起来了。”安迪用美国人特有的乐观语气鼓励雨润。

雨润拖着筋疲力尽的身体回到岸上。智秀在一旁打瞌睡。海林正举着不知从哪里捡来的不同颜色的羽毛进行观察，来回确认，最后苦着脸抬头看雨润。

“几乎都是外来鸟类的羽毛。”

“这样啊。”

“看来夏威夷的鸟类都躲在深山里了。”

“洗洗手过来吧，我们去吃点东西。”

“嗯。”

雨润累得仿佛下一秒就要晕倒，但圭林竟一点都不累的样子。雨润实在太羡慕表弟了，并努力抑制自己的消极情绪。有的人健康地出生，拥有发达的运动神经，而有的人不是那样，仅此而已。

“啊，彩虹。”

还沉浸在睡意里的智秀看起来心情不错，用手指着海边的方向，那里有一道鲜明的彩虹。智秀兴奋地用手机拍了一会儿，但效果很遗憾。

“拍出来一塌糊涂啊……”

“是啊，眼睛看到的这么美。”

“我决定了，在外婆的祭祀上，我要献上一张完美的彩虹照片。”

“什么？这么轻松就决定好了？”

雨润咯咯笑着智秀的决定，但内心也做好了自己的决定：我要帅气地成功冲浪，然后把那个海浪的浪花带给奶奶。

12

学会德语后我明白的第一件事就是我中了圈套。因为周围到处都是传闻，不用很费力就知道了。人们说着马蒂亚斯从世界各地搜集到的女人们最后的下场是什么，这些流言甚至可以回溯到源头。我掩饰着已经提高的德语水平，默默地坐在一边听着。听说有的人哭着回到了之前的地方；有人借酒和药品麻醉自己，从此堕落下去；有人遇到了更有名的男人；有人自杀了；还有些人从此销声匿迹……

而我想要活下去，不仅是苟活，还要以画家的身份活下去，因此要制定缜密的生存策略。我没有可以回去的地方，只想要成为“那个站稳了脚跟、运气很好的女人”传闻中的主人公。

为了符合东方女人顺从的形象，我只穿着袜子静悄悄地走动。不让自己被马蒂亚斯注意到很重要。

最开始亲切豪爽的马蒂亚斯，和说着要给我此生最好机遇的马蒂亚斯，其实在遇到我的时候已经几乎丧失了性功能，不知是不是将无法抒发的欲望变成了暴力，他的行为变得无法预测，凶狠残暴。他将正在创作的画撕毁，将工作室砸烂，这种时候一定不能待在他身边，但也不能走太远，那只会在他的怒火上再浇一桶油。

“K说想要画画你。”

K也是个画家，但他没有做职业画家的才能，那时候已经很久都没画出什么像样的作品了，是个被遗忘了很久的画家。K也常常出入马蒂亚斯家，和别人不同的是，他总是和我搭话。每当那种时候，马蒂亚斯像是好奇我的回答一样，笑着看向我，我本能地警觉到这种危险。

对于这个模特邀请，我花了好几秒让大脑运转起来思考，终于找到了正确答案。

“那个人的画水平太低了，我不想被他画……”我附和着马蒂亚斯的傲慢，同时也保护了自己。

多希望那只是个单纯的模特邀请，可惜那时候不是单纯的时代。而且，只要我答应了一次，马蒂亚斯就可能会一直“出借”我。

马蒂亚斯并没有监禁我或强奸我，我并不是国籍不明的穿着东洋风浴袍的妖妇。但他可以以其他的方式行使暴力，让我变得凄惨。我们之间绝不是爱情故事。小小年纪的我马上就明白了，当时杜塞尔多夫的人也都明白，但现在的人们佯装不懂，真是难以置信。

我不应该盲目相信看起来宅心仁厚、夸赞我的潜能、会给我提供机会、会为我介绍人脉的人。我是因为经验不足而造成判断失误，我不过是从有名有权的男人手中坠落的女性之一，只不过我是那些人中的最后一个，所以引起了那些误会。现在，我想最后再澄清一次——

我并没有毁灭他，他也不是因为爱我而死。

——《与爱无关》(2000年)

禾秀在所有人都出门后的正午时分才醒来。很神奇，没有任何一个人试图叫醒禾秀。得把睡觉的问题解决掉才能考虑要不要回去上班啊……禾秀听说一位同事正在经受严重的失眠。经历了同一件事，有的人睡太多，而有的人几乎睡不着，这让人觉得不合理。禾秀觉得至少应该看看酒店的庭院，于是走出了房间，结果又在树木间的吊床上睡着了。

再次醒来的时候是下午三点。因为太久没吃东西了，禾秀有些头晕。冰箱里只有水、果汁和啤酒，说着“来到这么远的地方绝不要再做饭”的母亲的豪言是真的。禾秀看了一眼酒店门口，三辆车都已经不在了。她从行李箱最里面取出拖鞋，决定到附近走走。

民宿订在了靠近火奴鲁鲁而不是威基基海边的地方，周围是密集的公共机关和公司大楼，看上去与任何一个都市无异。水泥地的步行街道与现代都市的实用风格并无美感，而是一种粗糙的感觉。

禾秀没有专门搭配衣服，只穿了运动裙，搭配毛呢针织衫，她觉得自己与这个街道格格不入。

她只拿了外婆的一本书和一个长钱包。在读到的最后一页上，写到外婆为了买石版画和蚀刻画的材料，向马蒂亚斯说着违心的话，成了他的模特……那幅许久才被发现、辗转整个地球最终来到火奴鲁鲁的画也许就是这样来的。

脚上穿的人字拖有些不舒服，禾秀感到阵阵眩晕。

离开了大路，就看到一家小小的松饼店，店的名字叫“适度表达”（Proper Expression），很特别。禾秀没有想太多，走向靠窗的双人座位。咖啡和松饼的香味缠绕着屋顶的风扇，随后飘散到鼻尖，禾秀的肚子饿到发痛。松饼的制作需要时间，为了抵抗眩晕，她用手托着下巴，随意地望向窗外的风景。

一群青少年骑着山地自行车飞速经过。一群穿着清一色服装的游客嬉笑着簇拥走过，一个背着乐器盒的老人在她眼前缓缓经过。

路上的行人变少了一些。

一辆婴儿车停在了店门口。一个小孩神气十足地从婴儿车里下来，伸手向父母要玩具。他的父母从婴儿车底部拿出一辆折叠的迷你购物推车。那孩子毛发稀疏，肚子圆滚滚的，活像个推着迷你手推车去超市采购的中年大叔。周围爆发出一阵笑声。

禾秀笑了起来，你应该会成为一个优秀的采购员。

这时，她突然看到了一个从后面走过来的男人。那个男人手里拿着一个塑料袋，塑料袋里装着一个褐色玻璃瓶。

禾秀深深地调整了一下呼吸。

不要过分联想。那只是一个普通人，没有别的意图，只是买了一个普通的东西走过来而已。

经历过某种事件后理所当然会有创伤后应激障碍（PTSD）。禾秀也在接受公司提供的治疗。大多数日子里她觉得治疗很有效，但也有些时候完全不想去治疗。预约治疗、在预约好的日子出门，看似简单的事情其实没那么简单。

经历了同一事件的同事们会出现不同的症状，这一点总是让禾秀陷入沉思。有些完全没受伤的同事的心理创伤比禾秀都严重，也有受伤比禾秀严重的同事很好地战胜了心理阴影。那是和身体的创伤完全不同的东西。禾秀和她的同事们确认了这个并不想知道的事实。

奇民哲，合作工厂的社长，也是扔盐酸瓶的人。有个别媒体把他的名字错误地写成金仁哲。他所在的工厂生产调节脉冲宽度的部件。

禾秀的公司是一家负责设计和管理工业电梯、传送带和无人停车系统等工业体系的设计公司，之前与奇民哲的工厂顺利地合作了几年，从来没出现过问题。

但是有一天，公司突然要求奇民哲的工厂将价格下调20%，被拒绝后，公司把部件的设计图泄露给其他合作工厂，重新生产了这个部件。复制品以八五折的价格竞标成功后，奇民哲认为这是他的工厂面临破产危机的直接导火索。禾秀的公司没有留下任何证据，最终真相是什么谁也不知道。但禾秀并不相信自己的公司是清白的。

为什么不去公平交易委员会检举？为什么不采取其他的法律措施？为什么要向一群女职员扔盐酸瓶？为什么要选择经营支援部的代理们和其他普通职员？……

"你们就是想杀人！你们想要我死！"

伴随着奇民哲的呼喊，破裂的玻璃瓶里的液体飞溅到办公桌和地上，造成五名职员受伤。

一切都快到让人来不及反应，恐怖与痛感像周围人的尖叫声一样久久散不去。同事们的腿和手受伤了，脸上受伤的只有禾秀一个人。这世界每天都在发生比这还可怕的事情，所以这件事并没有被大肆报道。让禾秀和同事们感到惊讶的是，人们更能理解加害者奇民哲。

“该有多委屈才那么做呀。”

“大企业的人就是活该！”

“中小企业的人活都活不下去了！”

“国家不站在弱者一边，即使走了程序也只不过是被罚一点款，然后就装作什么都没发生过，所以他才那么做的。”

禾秀在事件之后不久就流产的消息被媒体报道出来，也许是其他同事或认识的人泄露了消息。可能是再也受不了人们同情加害者才这么做的。要不然……是公司吗？是公关专家的策略吗？无论如何，确实有效果。舆论更加沸腾，事件的全貌也被报道出来，人们终于也开始同情禾秀和她的同事们了。

公众对几位女性接连受伤的新闻漠不关心，禾秀的事却掀起一番舆论，引发了公众的声援。她在舆论的裹挟中等待着审判的结束。在一切都结束之后，她想忘记这一切。

奇民哲在审判当场温顺地认罪，考虑到他已经被拘禁三个月，又是初犯，反省态度良好，使用的是稀释过的盐酸，最后被判处有期徒刑两年，缓期三年执行。然而，当被害者们刚要进行民事诉讼的时候，他自杀了。没有用盐酸，而是在浴室的毛巾架上上吊了。他没有付出代价，而是逃跑了。那就是逃跑！禾秀无法忘记，她总会因此非常愤怒，而这份愤怒只会不停地伤害禾秀……

嗒，禾秀的面前出现了一盘松饼。

"我叫了你，但你没听见，所以我就自作主张给你撒上了枫糖浆。"

店主又接单又做主厨，还负责送餐，此刻用没有笑意的脸看着禾秀。

"对不起，我在想别的事情。"

禾秀想，"惯性道歉"是件好事，因为当她偶尔回忆起被锁在身体里的不好记忆时，连话都不怎么说。

松饼被放在厚厚的美式餐盘里，松软温热，还很甜，一口融进身体里。虽然不是那种时下流行的舒芙蕾松饼，却有让人没有负担感的松软度。本来禾秀只打算吃半个，结果一点也没留下。松饼里有一种微弱而陌生的香气，让人想知道到底是什么。

快吃完松饼的时候，禾秀把带出来的书平摊在桌上。摄入糖分之后，她有了一些想法。外婆是不是也饱受创伤后应激障碍的折磨？虽然很久之后，外婆回顾年轻时，写了很多解释当时为什么不能早一点摆脱马蒂亚斯的理由——近乎辩解的程度，但究其根本是因为创伤后应激障碍。T乡发生过虐杀，还没有过去几年，正是她身心破碎的时候，不正是最容易被操纵的时候吗？禾秀想要告诉外婆这一点。21世纪的人们指责20世纪的人们为什么那么傻，为什么没有更好地应对当时的事件。禾秀想要为她们大声呐喊：谁都不可能每时每刻都把自己保护得无懈可击。所以，没有必要毫不松懈地保持防御，也没有必要欲盖弥彰地埋葬记忆。

禾秀把餐盘放回吧台的回收处，店主递给她一张小小的纸质卡片，是一张再次光临时可以打折的优惠券。

13

约瑟夫·利（Josef Leigh）的名字常常被错误地记为Lee。很难说清被误记是因为他第二次世界大战时曾滞留在美国，还是因为人种差别。我总怀疑是后者。

他的父亲是法兰克福人，经营着第四代家族企业的贸易公司。他的母亲是第三位夫人，是他父亲在马来西亚半岛出差时遇到的。约瑟夫遇到我的时候，他的母亲已经病逝，父亲又再婚了。

生长环境总是改变且很难适应自己周围世界的人，大抵都是艺术爱好者。约瑟夫提前继承了一个小型画廊。它坐落于国王大道，马蒂亚斯和他的朋友们经常在这里举办展览。相互地，他们也会带着约瑟夫去参加聚会。我猜测，带上一位年轻又充满异国气质的画廊主人算是一种身份认证。他看上去既像土耳其人，又像印度人，还像中国人，马蒂亚斯的朋友们带上他就有了一种让自己看上去是个世界公民的证明。约瑟夫也像我一样是个装饰品，虽然他比我的地位高很多。

如果约瑟夫在马蒂亚斯的聚会上和我说话，或者只是帮我清理托盘，周围人就会窃窃私语，仿佛在观看动物交配一样。所以，很长一段时间我们之间并没有变得亲近，视线触碰在一起就立刻转过头，看向不同的方向。我们知道那是为对方好。不能有任何关联，不能走得亲近，不要把对方放在心上……

但是有一天，我正俯瞰着国王大道的水路，约瑟夫突然和我搭话。

“你在看什么？看得那么认真。”

“在看给鸭子建的台阶。”

鸭子令人难以置信地不会走斜坡，因此从水中走到陆地上时非常困难，杜塞尔多夫的人们用石头为鸭子搭建了很多台阶。

“水路边上是挺陡的。”

“对鸭子友好的人，对人却不友好，真是很奇怪。”

我不由自主地吐露了内心的想法，约瑟夫看起来有些吃惊。

“还有，那些人都是利用你，不是真的喜欢你，也不是真的在他们的圈子里接受你。”

反正已经说出口了，我就一股脑儿都说了。约瑟夫忍不住笑了出来。个子很高又清瘦的他，总是穿着不合身的宽大的亮色西服，笑声震得西服哗啦啦响了起来。

——《最后留下的那个人》(2002 年)

最开始就定好了是咖啡。

景雅在大姐解释着奇妙的祭祀时，就已经在心里决定好了。为了不被别人抢去，她赶忙宣布了自己的选项。本来还在藏到最后惊艳众人还是抢占先机的两种想法中摇摆，斗争了一会儿还是后者占了上风。用心冲泡的咖啡是沈诗善女士和景雅两人之间独有的暗号，绝不能被别人抢去。

“你这小不点儿还挺懂咖啡的。”妈妈感叹着反复说过好几次。把自己养大的这个女人的真心赞叹不是针对什么了不起的东西，而是喝咖啡的品位，景雅常常觉得有趣。上面的三个姐姐和哥哥喜欢喝酒，但对咖啡因没什么感觉。

“他们像他们的爸爸，特别无趣。早上要喝稀汤，喝速溶咖啡，哎哟……但我们老幺懂这个香味。”诗善不怎么向亲生子女提起约瑟夫·利，也许是怕他们伤心，这几乎像个禁忌话题。但景雅是那些事情都过去后出现的，所以诗善对她提起他时很轻松。

景雅一次都没见过诗善的前夫。她最开始想象他的形象是个不会喝咖啡的、弱不禁风的稻草人，晃晃悠悠但多情的稻草人。

“那他也为妈妈您在画廊里添置了咖啡机嘛，我挺喜欢那个故事的。”

“我那时不知道，不知道他和我下午喝了咖啡以后晚上都睡不着。他直接说他不能喝就好了嘛，真是心思细腻的人。”

“可能是想和您分享您喜欢的东西。”

“后来知道他是个那么敏感的人后，我才发现自己被他骗了。”

“他是个挺能喝酒的人吧？看姐姐们和哥哥虽然不能喝咖啡，但喝酒挺厉害。”

“啊，那个嘛，因为有四分之一的日耳曼肝脏吧。”

“不管怎么说，约瑟夫叔叔肯定从一开始就喜欢妈妈。”

沈诗善说，比起喜欢，是那种朴素的好感。他们不想让马蒂亚斯发现两人偶尔在一起喝咖啡，并不是因为他们之间一开始就存在爱情，而是为了隐藏两个人也会发出声音，也有意见这件事……马蒂亚斯是个无法忍受身边的物品说话的人。

景雅可以想象，有一个可以坦诚直率、随心交流的朋友，对诗善来说是多么巨大的解放。

“有时我还挺想看妈妈的那些画，妈妈那个时候画的那些画。”

“也不是什么了不起的东西，就是些静物画。”

“真的都不在了吗？都被毁掉了？”

妈妈有时会露出一副完全忘记年轻时曾画过画的表情。虽然在书里妈妈写自己曾画过画，以无比渴求的心情画了很多画，但更像在叙述别人的事情。

“不过回想数十年前的日子，真的像在看别人的人生，太陌生了，中间好像断了一样。你现在还不明白，等年纪再大一点就知道了。”

“那么喜欢的事突然就停止不做了，我有点理解不了。”

景雅又问了好几次，诗善只是回答原本势头正在上升的时候却不断受挫，心中的什么东西就会被消磨光。景雅还是觉得不够清楚。

“但谁都会受挫啊。”

“话是这么说，但运气不好或准备不充分时受到的挫折，和别人恶意制造的挫折还是不一样的。而且我经受那些事情的时候，其他人只是旁观，可以说我心灰意冷了。”

诗善说的是展览的事，一次团体展，一次个人展。由于马蒂亚斯的恶意与敌意，诗善丧失了崭露头角的机会。

那次展览是一切事情的开端。原本是五人的新人展，约瑟夫把诗善的画也展出了，变成了六人新人展。

“我想起在墙上写名字的时候看到了你的，在画廊的白墙上。”

约瑟夫·利对沈诗善的名字缩写不太满意。好几个S连在一起，会让人联想到纳粹的一个组织，建议她起一个新笔名。诗善一听，轻蔑地笑了一声，拒绝了这个提议。

“我为什么要在意这个？而且，哪怕联想到了就正好再想一次，反省反省！”

诗善强烈反对，约瑟夫·利只得罢休。

“那些画的内容大都是爬在铠甲上的小螃蟹，和当时的主流相去甚远，但我很喜欢。那是只有我才懂的故事。”

螃蟹是“甲”，意味着强大的生物，因为有了这层含义，常常被画在屏风上。对亚洲人来说，螃蟹是一个普通而熟悉的视觉符号。景雅想，那时妈妈的创作就已经符号化了吗？还是被孤立时突然想有铠甲庇护呢？

马蒂亚斯虽然是个险恶的人，却不轻易表露情绪。直到展览开幕的那天他才知道沈诗善的画也被挂了出来，但他没有当场发作，反而像个玩拼图的小孩，用开心的表情为沈诗善干杯祝酒，开着玩笑，这让诗善和约瑟夫更加不安起来。

马蒂亚斯的攻击是缓慢展开的。他向朋友们诉说约瑟夫如何用计勾引自己的恋人，说想到一直以来自己对约瑟夫的关照就觉得受到了背叛。多么阴毒的策略。

"他肯定是个善于演戏的人，没见过他我也知道。"景雅说。

马蒂亚斯操纵着人们孤立约瑟夫，把他描绘成一个忘恩负义的高傲的混血儿，一个对自己的赏识者使出龌龊手段的阴险狡诈者，一个吃着恩人的美食、饮着恩人的酒却勾引恩人的女人的人。

"等等，那妈妈您的看法呢？"

"我说过了，当时的人们不认为我会发出声音。"

"他没有折磨妈妈您吗？"

"他用了出其不意的一招，那个头发乱糟糟的家伙。"

妈妈说，马蒂亚斯向她求婚了。在与第一任夫人离婚后，马蒂亚斯一直都只恋爱，他说自己现在想安定下来了。

"他像赐予我什么高官显爵一样，用傲慢的语气说着这件事，我真是被气疯了。他以为我还会再被骗一次吗？他说让我做他的徒弟，给我展露自己的机会，把我带到德国后却一直在精神上折磨我。"

"我好像是第一次听到求婚这件事，妈妈您之前提到过吗？"

"没有，如果说了的话……人们可能会以为是真的爱情，所以就没有说。"

诗善对马蒂亚斯说："我对您十分尊敬，但并无爱意；我与约瑟夫·利没有任何关系；等研究生毕业了，我就想离开杜塞尔多夫。”她非常坚定地拒绝了马蒂亚斯。和她的坚定一样，对方也坚定地不接受她的回复。诗善再也坚持不下去了，于是准备搬家。一次性都搬走的话会引起马蒂亚斯的注意，所以租好房子以后，每天搬一点过去。这中间确实有约瑟夫·利的帮助，他们在对抗马蒂亚斯的压迫中关系更近了一步，但那时还确实不是恋人关系，只是朋友。沈诗善到德国以来第一次有了自己的空间，有了朋友，心情很愉快。她一边学习德语和美术史，一边打工——主要是照顾小孩的工作，但因为是亚洲人，她并不受欢迎，所以也做了一些清扫的工作，偶尔还有翻译的工作。她就这样忙碌地工作着，一两个月才会和约瑟夫·利喝一次咖啡。诗善确信，看到过他们在一起喝咖啡的马蒂亚斯的朋友早就通知了马蒂亚斯。

“那你们是什么时候才成了恋人的？”

“在个人展结束以后。”

“啊……”

景雅也清楚地知道那个残酷的事件。画展后过了一段时间，约瑟夫·利判断马蒂亚斯已经遗忘了这些事，于是向诗善提议举办个人展。诗善的画要挂满他那小小的画廊好像并不是一件难事。画展的主题仍然是好似闯入并不合适的世界的小螃蟹，但展览的范围比之前大幅增加，有用亲自染色的粗毛线在帆布上制作的西洋刺绣，以及用陶瓷和黄铜做成的雕塑。

“他对我说，不管在哪里都要有一个好的开始，我被他的这句话说服了。”

这个开始马上就受到了阻碍，而且是他们可以想象的手段中最卑劣的那种。最开始，几乎所有作品在短期内就被售出，约瑟夫和诗善很开心。但购买者要求马上寄送作品，于是有几幅作品按照购买者的要求马上被寄出了。还有好几个购买者都非常强烈地提出立即寄送的请求，但在个展期间不可能让展厅变得空荡荡的，所以他们就拒绝了。约瑟夫感到哪里不太对劲，于是找人进行了调查……没费多少周折就知道了真相，所有的作品都是一人买下的——马蒂亚斯。他用不同的名字和地址购买沈诗善的作品。

“他用我的作品为他的派对助兴，嘲笑它们，破坏并烧掉了它们，我所有的作品！”

人们跟着一起笑，却没有人站在诗善这一边。约瑟夫·利气到脸色发白，他想要告马蒂亚斯，但根据法律其代理购买行为和购买后对作品的处置都不算违法，他只能放弃。

“我的心里有什么被折断了。”

直到那时，两个人才真的亲近起来，有种整个杜塞尔多夫只剩下他们二人的感觉。在这个不公的城市里，只有他们两个人还能在一起互相守护着对方的尊严。爱情之花在被打压的消磨感之中默默绽放，就像生长在有毒的土壤里的植物一般。

“啊，咖啡要冷掉了。”

说着太沉重的话题，差点忘了要喝的咖啡。景雅和诗善摸着已经冷掉的杯子边缘。

“妈妈，我给您讲个有趣的故事吧。我们公司有一台咖啡机，休假回来的同事买了特别贵的原产咖啡豆来，大家都很期待地等着咖啡机做出的咖啡……”

“味道怎么样？”

“结果和在超市买的咖啡豆味道一模一样。”

“什么？怎么可能？！”

“我们都惊呆了，不可能啊，到底哪里出问题了呢？所以就又用手冲冲了一杯，风味完全不一样，好喝到让人想流泪，所以是咖啡机的问题。一开始就应该用手冲来喝，结果浪费了咖啡豆。妈妈您真应该看看那位买咖啡豆回来的同事不知所措的表情。”

“话虽如此，也是台了不起的机器啊。”

“什么？”

“能做出和超市买的味道完全一样的咖啡，算是一种神奇吧？”

景雅在夏威夷想着很久之前就冷掉的咖啡和很久之前的对话。如果能买到完美的原产咖啡豆，然后冲泡在妈妈喜欢的沉甸甸的美式陶瓷杯中，端到祭祀桌上的话，逝去的人也应该会笑起来吧。那是只有她们两个人懂的幽默。

妈妈，这是那时我说的原产咖啡豆。

景雅想让逝去的妈妈露出微笑。

最开始她想和准备去看火山的二姐一起去大岛，但还是放不下两个孩子。儿子沉迷于水上运动，女儿已经决然表示对咖啡农场没有兴趣。如果能在几个农场穿梭，在每个农场喝一杯咖啡的话，肯定会联想起每天喝五六杯咖啡的妈妈，景雅心里有些伤感。她是个善于妥协的人，决定到瓦胡岛的当地超市中去找——农场会将咖啡豆运送到超市去。

景雅已经查好了时间和交通路线，为了记录和比较原豆的味道，她决定记在一个小册子上。这个小册子是妈妈的遗物，前面几页是看不出什么东西的彩色铅笔画的图案。姐姐们和哥哥都不知道妈妈画的是什么，只有兰静看了后哈哈大笑。景雅决定在后面几页仔细写好咖啡的笔记。

她仔细慎重地选择好咖啡豆后，又做了几次手冲练习。她想把所有人都称赞的咖啡献给妈妈，然后和家人们一起享用。

只要这么想想就觉得心情舒畅。景雅希望可以赶快用上小心翼翼带来的咖啡手冲壶。

14

因为那时的经历，我一下子就能辨认出具有攻击性的人。不管对方有没有显露出那种攻击性，我都能看透他外表之下的东西。我知道看似开心地喝醉酒的人突变之前的瞬间是什么样的，能听到脚被踩的人没说出口的脏话，能感知谦逊的伪装下所隐藏的报复心。

人大抵具有攻击性，但人与人之间也千差万别，比如一个性情温和之人与一个充满戾气之人所隐藏的攻击性不可同语。我下定决心，只在身边留下没有任何攻击性的人。我的第一任丈夫、第二任丈夫，以及我的朋友们和一起工作过的人们，都是会被残酷自然界淘汰的人，但我深爱他们，爱他们的软心肠、纯情、悲伤和柔弱。在这个层面上，马蒂亚斯像一剂预防针，而两剂对一个人来说简直生不如死。

暴力会重塑一个人的人格，也可能会在重塑过程中毁灭这个人。而对逃脱了暴力的人来说，以后但凡感知到暴力的苗头，有人预先警觉，做好防范，也有人如坠入深渊，永无天日。我不能一概而论。我是个将耻辱的经历也能当成人生前行动力的人，好像也不是非常软弱的人。

——《失去的和得到的》(1993年)

当雨润干脆地说要继续学冲浪的时候，智秀没能控制好自己的表情。

“你那是什么表情嘛，我也知道自己冲浪学得很差。”

“但是你为什么还要继续学？”

“因为很久以前就下定决心了。我要学，不是说一定要做多好。”

“真是不常见啊。一开始冲得很好的圭林现在去学别的项目了。你竟然还要继续学。”

安迪给圭林介绍了自由潜水的教练。安迪觉得圭林很适应水，所以推荐他感兴趣的话就去试试潜水，还给了他名片。名片背面的地址写着瓦胡岛北岸，智秀说好会开车送他去。

“我以为能和你多待一会儿。”

听到这句话，雨润感到有些抱歉。

“姐姐，这次旅行结束后和我一起去洛杉矶吧。”

“我也挺想的，不过……”

表姐妹轻轻相拥，坐上不同的车。那天坐智秀车的人格外多，她先把兰静舅母送到博物馆，然后把景雅小姨送到超市。景雅小姨想让海林和她一起去，但邀请失败。智秀带着海林和看起来很兴奋的圭林向北岸开去。

“好像外婆生活的地方就在这附近。”

记得路名和门牌号的人是禾秀和雨润，智秀只是大概知道在哪里。圭林兄妹也只不过是再次认真看了看窗外。

“姐姐，你想拍到彩虹的话，是不是应该买个更好的相机？”

“嗯？”

“姐姐，我在网上找了找，跟着话题标签找的话应该可以找到彩虹。”

“嗯，不过我不想那么费力。肯定会遇到的，命中注定的那种。”

圭林兄妹无奈地摇摇头，那种因为关系亲近而不忍吐槽的样子看起来特别可爱。

行驶在前的车后窗上贴满了“欢迎来到天堂”的贴纸，智秀有点震惊。在自己生活的地方，哪怕有一次觉得那是天堂吗？真是种太过陌生的感觉了。这是一个向全世界的人们伸出欢迎之手，展示着舒适感、自豪感的句子。句子的开头和结尾上还挂着彩虹。

这里的司机让人感觉格外亲切，因为车流量小，即使没有信号灯，车之间也会相互礼让，甚至六车道交会的十字路口都没有信号灯，但也不会出什么问题。一次，智秀让对方的车先走，对方的车窗里伸出手来，用无法模仿的灵活的手势表达着感谢。圭林和海林好几次想模仿那个手势，练习好久都失败了。那是个要在天堂里长大才能做出的手势。

三个人到达北岸，先去吃了夏威夷刨冰。在刨得很细的冰沙上撒上不同颜色的糖浆，对于已经习惯韩式冰沙的三个人来说，略微有些失望，但为了消暑，他们还是大口塞进嘴里。

“谢谢送我过来。”

听说海浪太大的话，课程可能会取消，不过幸运的是天气还不错。

圭林去上课，海林和智秀在大概是普普凯阿海滩和落日海滩之间的地方铺上了席子。

“姐姐，你就这么躺着的话，到截止日期可拍不到彩虹。”

“那就拍不到呗。”

智秀躺在席子上，想看看手机，但光线太强了，几乎看不清屏幕。社交软件的私信箱里躺着几条工作邀请。竟然用私信来谈工作，真是奇怪。明明已经写清楚邮箱地址了，但大家还是都发私信。

不管是演出策划还是DJ，都是一份靠别人口口相传才能继续下去的工作。智秀正在慢慢被更多人想起，但直到现在她的经济情况也不是特别宽裕。智秀主要的工作地点是梨泰院酒吧，旺季是十月到年末，地球村庆典、万圣节、圣诞节和跨年夜都是重要的时间点。那时的她就像被拖车拽着一样，一场接一场地忙着活动。在不忙的时候她写一些音乐评论。最开始的时候，连稿费都没有，只是署个名，一分钱也赚不到。后来和音乐网站、专辑公司合作以后，生活情况才慢慢变好。什么样的音乐是好的，音乐分什么类型和流派，她写这些的时候一点也不知疲倦。朋友们偶尔也会帮她介绍做发掘与培养艺人的工作。智秀的人生哲学是：从不挑剔、什么都做、坚持下去。她就这么坚持着，虽然没想过成为知名DJ，但希望可以成为有一定辨识度的人。要说成功DJ的判断标准，那品牌运动鞋或手机推广是否会联系你就算是一个吧，这也是这个行业好笑的一点。有些职业的成长路径是清晰可见的，但也有完全找不到捷径的职业。不管怎么样，智秀最近的目标是维持好生计，不能为了虚荣而被利用。

骗子们真是没完没了，她随意回复了几句拒绝的话。剩下的信息里甚至还有不认识的男人发来想见一面的内容。

“我为什么要和你见一面啊？真是个可笑的人。”

智秀立马删掉了信息。

社交圈狭窄、三观又端正的雨润，总是很担心乐于交友的智秀会受到伤害。但智秀觉得她过度担心了。智秀有一种非常微妙的感觉，即使冒一点超越边界的危险，也要去结识带她走进新世界的人。人是最令人兴奋的冒险，只要能好好排除掉发私信的变态们……

“姐姐，你看那里，那个人真的在水下潜了好一会儿了。”

海林指着大概离她们三十米远、时不时浮上来的浮潜软管说。

“哦，真的啊。他好像是这里浮潜最好的人。”

就在这时，那个浮潜的人突然抬起了头，智秀和海林愣了一下，大笑了起来。那是一只狗，一只黑色的巡回犬。两个人以为是浮潜软管的东西其实是狗的耳朵。

“真的比人做得好，好太多了。”

那只狗离开后，马上又来了一只褐色的巡回犬，智秀和海林内心自然而然地升起了期待，它应该和刚才那只狗一样，游泳和潜水都很厉害吧。

但是，这只褐色巡回犬却和它的伙伴不同，一点也不想到水里去。

“虽然是同一种狗，但性格差很多啊。”

两个主人走到水快淹到大腿的地方，向狗做着手势让它进来，好像在说“水里很有趣，没关系”。他们一直劝说着，最后几乎都求它了，但褐色巡回犬像谴责他们一样，叫了几声，仍不肯下海。它还偶尔回头看看在旁边看热闹的人们，露出像在说“我的主人好像吃错东西了”的眼神，人们哈哈大笑。

“见过冲浪的狗、浮潜的狗，原来还有根本不喜欢玩水的狗啊。鸟类也有不同的性格，我也想知道……”

海林自言自语道。

“你不想养只鸟吗？”

“不，我喜欢野生的鸟类。我不想妨碍它们，在远处看着就行了。”

“原来如此，你喜欢的是大山雀对吧？”

“黑头大山雀最聪明，但我也喜欢其他不聪明的山雀。其实所有鸟我都很喜欢，不管是山里的鸟，还是海上的鸟。”

智秀瞟了一眼海林手里那本夏威夷鸟类的小图册，这几天已经变得皱皱巴巴、卷起边来了。

“你手里的那本书，是英语的。海林真了不起啊。”

海林像美国小孩一样耸耸肩。

“用英语聊天，很快就学会了。”

小学生和外国人聊天，智秀觉得有些危险，于是小心翼翼地问了几句，原来海林是在观察美国各处高楼上下蛋的猛禽类的直播间里面聊天。这些人之间的聊天应该比较健康，智秀就没有再问下去。

“姐姐，你知道吗？鸽子和鹰原来都是在岩石峭壁上休息的动物，后来才适应了城市。”

“怪不得看不到它们坐在树枝上。”

智秀突然想不明白像海林这么好相处的小孩，怎么会在学校里格格不入。虽然她总是在路上捡羽毛之类的东西，手常常黏糊糊的……就因为这样被欺负吗？智秀有些担心，于是旁敲侧击地问海林，结果回答却在她意料之外。

“我知道我那时不应该生气。但是我们班的同学用难听的词称呼一位混血同学。姐姐们不也是混血嘛，所以我就控制不住发火了。”

智秀吃了一惊。她从来没想过海林是为了禾秀、自己和雨润而发火的。虽然和这个小家伙没什么关系，但她想到外婆、大姨、二姨、舅舅、表姐们身上继承的血脉，还是站在了家人一边。果然，这个小家伙太可爱了，智秀紧紧抱住了海林。

"姐姐，好热。"

"你好好解释的话，小姨就能少担心点了。"

"嗯，我和她解释了，但她还是说我不应该推同学。"

"你还推同学了呀？"

"是对方先推的，但我力气比较大……"

"呃，下次只要嘴上出出气就行了。"

听到这里，海林笑了。她看着在海边、停车场和小食区悠然自得地走来走去的鸡，用双臂抱住膝盖前后晃动着身体，她看起来无比坚强又无比柔弱。

"那些鸡到底是谁的鸡啊？"

"谁的鸡也不是。"

"嗯？"

"书里面写了，几百年前，坐船从东南亚来的人带来了鸡在这里饲养，因为风暴，养鸡场毁了，鸡就都逃跑了。书上说去可爱岛的话还能看到完全野生的鸡，它们生活在树林里。"

"这些鸡看上去也和野生的差不多啊。"

"你要走近看看吗？"

海林走过去看鸡，智秀看着海林，用眼睛一直追着她，告诉她不能跑到马路上去。

圭林带着一身水回来的时候，天边开始露出美丽的晚霞。他和潜水教练一起走过来，教练笑着称赞圭林特别适合潜水。智秀本来在想“他是对所有的学生都说一样的话还是真心的”，后来听到圭林很骄傲地说他已经打平了纪录，才觉得那应该不完全是空话。

“你们住在哪边？”教练问。智秀犹豫了一下，说他们住在火奴鲁鲁那边。

“现在回去的话应该会堵车，一起到我们家的派对上吃点东西吧。”

智秀想着应该保护两个未成年人，所以样子比平时谨慎了一些。教练好像读懂了她的小心翼翼。

“是我弟弟的生日聚会，会来很多和圭林差不多大或更小的小朋友。”

听到这句话的智秀回头看圭林和海林，两个人看上去都很想去。

教练的名字叫蔡斯，智秀在蔡斯的眼睛里看到了亲切。

15

我想起要离开那个房子的时候，最后一次从楼梯上的窗户看向后院。我提着并没有多少的行李，胳膊上绑着绷带。

我离开的前一天，毛尔像是预感到我将要离开，朝我扔了油画刀。按之前几次的经验，刀会砸在我的身上后掉下来，但那天偏偏是一把用了很久的极其锋利的油画刀，角度也恰好落在我的胳膊上。想想如果不小心的话，就连筷子也会插到脚上，油画刀也不是不可能。我把那个伤口紧紧护住，就像一面盾牌，让毛尔后退。充满暴力的他至少还存有那一丝的迟疑，真是万幸，虽然只有短短一瞬。

庭院像历经战争而留下的残垣一样荒芜。几幢相连的建筑内部是公用的庭院，本来是个宽敞的空间，数十人在这里生活了好几年，却没有一个人想要打理一下那份荒凉，这总是让我挂心。就像生活在过分有礼貌的集体中的每个人竟面无表情，每次都让我很在意……

后院的杂草和藤蔓毫无美感地缠绕在一起，茂盛地填满整个后院。晚霞已经从绚丽的红色变成深沉的紫色。我清洗着脏兮兮的窗户，久久地看着那个地方。没有人要求我擦窗户，我擦完也不一定有人能发现，但我在心里把这件事当作还房租一样。应该种点什么呢？

比如韭菜或水芹菜，我偶尔会想这些，但一次也没有真的那样做。

在科尼利厄斯大道上的那所房子里，我存在于阁楼里、阴影里，存在于派对前和派对后，但绝不会在派对热闹时有我的身影。我听写信件，敲打打字机，缴纳税金，购买并运送回颜料，清洗画笔。从把油画帆布紧紧绑好，到在地下室放置老鼠药，没有什么事是我没做过的，年轻时的我像机器一样工作。在马蒂亚斯极少数察觉到我还是个人的日子里，在他心情还不错的日子里，我一点一点地学习。我是他的杂役，是手下，极少数的时候是他的弟子。运气不好的时候，是他发火泄气的对象。

我最担心的是学校。教授们全都是马蒂亚斯的朋友。虽然教授们已经对我非常冷淡了，但离开那个房子以后，我只能想象到最坏的情况。无论如何我还是要获得学位。虽然我不知道学位会用在哪里，但内心无比渴望。因此，在油画刀砸在胳膊上时，我也没有发出声音，只是咬紧牙关，默默忍受。

——《在科尼利厄斯大道》(1986年)

“你带着小孩回来这么晚！”

明惠装出一副替景雅教训智秀的样子，景雅反而并不太在意。圭林和海林为了帮智秀说话，连忙夸张地说“今天很有趣、很安全”，完全不像他们平时的性格。

“才几天就在这里交上朋友了，挺了不起的。”

已经有些晚了，景雅还在试着冲几种不同的咖啡，看上去还没找到满意的咖啡豆。

“小姨，我的长相有点那个吗？不管去哪个国家，都会被当地人问路的那种长相。还有，也可能总是看上去很饿的长相吧，大家看到我总是想喂我吃什么，每次到家附近的小菜店，我还没和老板打招呼，嘴里就已经被塞进吃的了。”

“是小鸟的面相吗……”

海林嘟囔道，智秀挠了挠海林的痒痒。其实智秀常常听到说她长得像胖胖的鹦鹉的话。

“明恩二姨去看火山了，这房间里的座位还是不太够啊。”

椅子数量不够这一大家子人用，但谁也没有想去叫醒横躺在沙发上的禾秀，大家还是像在韩国般地坐在了地上。景雅把冲咖啡的工具收到一边，看了看圭林手里的帽子。深色的帽子上用黄色的线绣着“Eddie would go”（艾迪会去的）的字样。

“你怎么去参加别人的生日聚会，反而拿着礼物回来了？”

“我也是说啊。”

圭林短短回了一句，没有过多解释。智秀和海林替他说了前因后果。

“听说这是纪念一位叫艾迪·艾考的著名冲浪运动员的句子。”

“艾迪会去的。是这个意思吗？”

明惠歪了歪头。

“他是个很有名的冲浪运动员，我一说不知道，过生日的男孩和其他小孩都特别生气。说我要学冲浪却不知道艾迪·艾考，等于没有学，所以送了我这个帽子，叫我别忘记。”

圭林好像很喜欢这个礼物，轻轻地拿着帽檐放在自己胸口，像抱在怀里一样。

“啊，我想起来了，在北岸举办的冲浪比赛的名字好像就是他的。”

每天都被海水喂饱又吐干净的雨润好像听说过这个名字。

“他曾经是威美亚海湾的救生员，听说救了非常多的人。本来游泳过去也能救人，但听说他都是用手划着浪冲进去把人救出来的。”

听着智秀的话，知道推着冲浪板前进有多么累的雨润发出了赞叹。

“而且活着的时候这么帅气的人，死的时候也非常酷。他加入了重现古代航海技术的探测队，结果探测队遇到了海难。艾迪说去叫救助队，独自乘着冲浪板冲进了大海里。结果探测队被别的船只救起，他却失踪了……”

“啊，是应该纪念这样的人。那是什么时候的事？”

“好像是 1978 年吧。”

“原来他的名字是这样被记住的。”

兰静告诉圭林她在博物馆里看到过介绍艾迪·艾考的薄书，如果他喜欢的话可以买给他。圭林的英语不像海林那么好，但还是拜托舅妈买给他。

“‘Eddie would go’，这句话虽然是巨浪涌来时谁说过的一句话，但其实也可以用其他的角度解读。”

“在决定性的瞬间，为了别人做些什么，即使自己会受伤。是这样吗？”

“嗯。”

在大家低声的对话中，禾秀醒了，坐了起来。随意放在禾秀肚子上的沈诗善的书掉在了地上，几张老旧的书页掉了出来。

“妈妈，对不起。”

禾秀呆呆地看着掉在地上的书，向明惠道歉。

“没事，修订版都已经出版了。你不用在意。”明惠又说了句“纸都是会折的”之类的话。

禾秀把书整理好放在桌子上，向院子里走去。屋子里开着空调，很凉快，但人有点多，室内的空气有些憋闷。智秀犹豫着想跟出去，雨润看到后起身替她跟去了。

禾秀正在做伸展运动。伸展四肢的动作，仿佛是确认自己的身体还连接为一体的行为。略微生疏的气氛让雨润有些不自在。

“你最近在做什么？”

禾秀问着过去奶奶总是问她的问题，雨润打开手机相册给禾秀展示，屏幕上是一个色彩艳丽的长着复眼和下巴口袋的怪物。

“这个是已经做完了的，不错吧？会在一部翻拍的科幻电视剧中出现好几集，虽然还不是最主要的坏人。”

“这个红色的口袋挺可怕的，里面装着什么？”

这时候雨润心里咯噔了一下。怪物的口袋里装的是盐酸，是把主角的宇航服都能溶解的强酸。这是根据编剧而创作的角色，并不是雨润的点子，但她还是愣了一下错过了回答的时机。

“你不用想得那么认真。”

禾秀神色复杂地笑了笑，雨润也朝她笑了笑。

“奶奶的书怎么样？有意思吗？”

雨润赶紧转移了话题。

“嗯，我从今天读的部分里明白了一件事：那个该死的家伙，他磨过刀了。”

“那个家伙？毛尔？”

禾秀的脸上没有了笑意，眼睛望向院子里的某处，那是雨润没有办法知道的某处。禾秀肯定地说道：“不是因为力气大，也不是因为角度，他在向外婆扔油画刀之前磨过那把刀了。”

“不会吧……”

“外婆想象不到那种程度的恶意，但是我们可以啊，因为我们是生活在21世纪的人。我们知道这世界存在着那种恶意。”

虽然雨润不想相信，但她后来明白禾秀的话是对的。雨润的专业是雕塑，她对刀也不是那么陌生，油画刀不会砍伤胳膊。

“你不觉得这世界上很多事情总是反复发生吗？”

雨润从侧面看向禾秀，她直挺挺地站立着，那身影让人感到不安。

雨润很想问她：姐姐，你在看哪里呢？你在看向庭院阴影里的什么地方呢？

这时候，泰浩敲了敲两人身后的玻璃门，他穿着这幢房子里放置的围裙，看上去像已经在夏威夷生活了三十年的人。

“爸爸，怎么了？”

禾秀为了不让空调风漏出来，只开了小小一道缝。

“叫你们来喝红酒。孩子们都睡了，现在是大人的时间。”

雨润很惊讶姑父把自己算在了大人里。好像不久前他还带着自己坐旋转木马呢，现在已经承认自己是个大人了，有点像拿到身份证那天的心情。

雨润和禾秀走进客厅，桌子上已经摆好农场红酒和涂有果酱的饼干。手里拿着果酱小刀的明惠有些不满地说：“人们都说妈妈在杜塞尔多夫是个妖妇，把大艺术家玩弄于股掌之中，每天都做裸体模特，从一个派对穿梭到另一个派对，不停地和男人们对上眼。其实妈妈做得最多的就是派对上给别人吃的法棍点心。”

“啊，所以奶奶才只会做餐前小食啊。”雨润像第一次听说这个已经知道很久的事一样，搭着话。

“我第一次到岳母家来的时候，什么也不懂，就对岳母说想吃您做的萝卜泡菜，结果她转过来盯着我看……哎哟，我忘不了那个眼神。”泰浩耍着嘴皮。

“你真是没眼力。怎么会让我妈做泡菜呢？我们可是以买泡菜来吃为荣的家庭。”

“那个时候我不知道嘛。”

智秀听着父母的对话呵呵笑着，她坐在雨润和禾秀中间，挽着她俩的手臂，从小她就喜欢坐在中间。放在禾秀和智秀中间的手机震动了一下，是蔡斯的短信。他说自己有事要到火奴鲁鲁来一趟，如果智秀愿意的话，他可以给她介绍一些好玩的地方。智秀吃了一片薄脆饼干，味道普通，又喝了一口白葡萄酒，她暂时陷入了该如何回复他的思考中。

需要承认的是，蔡斯是智秀想要再进一步了解的人。他让智秀感到舒服，又是可以引发微妙紧张感和乐趣的聊天对象。他一句让她为难的话都没说过，温柔地为她着想，智秀喜欢这样的人。刚才说什么来着？蔡斯告诉她珊瑚生长非常慢，有的种类一年只能生长一厘米，准确来说是珊瑚的外骨骼在生长。然后他问了智秀的身高，知道智秀有一米六八以后，就说要带她亲眼看看生长了一百六十八年的珊瑚。智秀摇摇头说这次旅行她没有打算学潜水，结果不知怎么就把自己的电话号码给了对方。从给他电话号码的时候就知道他会发来短信……漫游费要花不少了，她简单地想了想，然后回复给对方见面的时间和地点。

16

我清楚地记得闵爱芳走进我人生的瞬间。

那是个屋顶很高，充斥着人们吵嚷之声的寒冷大厅。刚刚到达的爱芳脱下长长的丝绒手套，叠好后径直朝我走来。当时虽然也有人对我施以援手，但绝大多数人都在暗中助长着对我的孤立。我担心像我的烙印一样的韩国人身份会连累爱芳，所以我心想：不要来和我说话。我们之间有过几次可以打招呼的机会，但我都先避开了。

在我看来是为她考虑，但不知她是没有察觉出来，还是察觉到了也觉得无所谓。我应该趁她还在的时候问她才对……但我不是能一一记住这些事的人。

倾斜的帽子帅气地挂在一边的额头上，爱芳的两眼闪烁着光芒。

“啊，这些西洋人……他们什么都理解不了吧？真让人厌烦。”

能流畅地讲英语和法语的爱芳几乎不会说德语，但在极短的时间内就和数不清的人交上了朋友。她就是那样的人。房间里坐满了西欧人，哪怕她用那种轻蔑的语气说着“西洋人”，听出来的人也只是尴尬地笑一笑。

我不太记得我是怎么回答她的了。

爱芳，我的朋友爱芳。她的韩国名字在现在人们看来有些俗气，但猛地一听又像是“先锋”，非常适合她。我们马上成了朋友。和爱芳说话的时候我觉得自己活过来了，能用母语聊天真是太好了，用母语聊着艺术，真是像死亡一般美好。

我还很喜欢爱芳的画，那些充满色彩感的抽象画，看一眼就喜欢上了。

“你到巴黎来看我。”

“嗯。”

“不对，你干脆搬到巴黎来吧，也不是很远。”

爱芳是即使用命令的语气说让人换住的地方也不令人讨厌的人。我们两人在杜塞尔多夫市内走着，突然下起了小雨，爱芳把她身上的灰色针织衫脱下来撑在我们头顶上，朋友的温度和隐约的香水味把我们与雨水隔开。

“给我写信！”

将回巴黎的爱芳又强调了一次，我真的每周都给她写信——用韩语，也许拼写漏洞百出。因为爱芳，我已经快要记不起来的母语一点点回来了。

——《最终留下的那个人》(2002年)

不知是不是每天都从冲浪板上摔下来的缘故，雨润像不需要适应时差一样，每天太阳一落就睡觉，太阳一出就起来了。起床时的肌肉异常疼痛，在她从来都不知道还有肌肉的胯骨旁，肌肉发出痛苦的尖叫，她也好想一起尖叫，却只能咬牙忍住。旁边的床上，智秀正握着手机沉沉睡着。雨润看着有点油性肤质的智秀的鼻子上冒着油光，笑了起来。是姐姐你救了我啊，是你让我活了下来。

歪斜的木头门被推开，兰静走进来，坐在雨润的床上。她把鼻子放在雨润的头发上吸着味道。

“宝贝女儿的味道。”

“别闻了。”

“就要闻。”

对兰静来说，也许嗅味道是一种爱的表达方式。但对雨润来说，联想到的是曾经看到过的一则能闻出癌症患者体味的狗的新闻，于是她悄悄移开了身体。两人一起静静地看了一会儿智秀睡觉的样子。智秀就连睡着了的样子都显得很有活力。

“是智秀救了你啊。”

似乎是母女间的心有灵犀，兰静说着。雨润吓了一跳。

“是啊，妈妈你也那样想啊。”

“智秀那个时候也很小，怎么能想出那么好的计划来？”

雨润记得的。那一天，表姐穿着背带裤笑眯眯地走进来，像要宣布什么似的。

“我们明年要一起去迪士尼世界。”

“我们？”

“你和我。我姐，还有几个大人也可以带上。”

“去迪士尼乐园？”

“不是，是 world，更大的地方。”

智秀把“world”拖长发音，然后给雨润看穿着米奇和高飞玩偶衣服的工作人员在迪士尼城堡前张开双臂欢迎游客的视频，也许是买迪士尼漫画时送的宣传视频。我可能去不了，小雨润在心里这样想着，但没有说出口。她没有说出来，但智秀知道。

“等你明年身体好了，我们一起去。放假的时候去也行，或者逃课去也行，外婆说她会帮我们解决的。”

“奶奶？”

智秀每周都来看雨润，她把从同学那里拿来的皱皱巴巴的游览小册子像藏宝图一样展开，和雨润商量着要先玩哪一个游乐设施。从几点开始排队，中午吃什么，买什么样的纪念品，游行花车和烟火在哪里看，这些事情不是一天都说完，而是每周一点一点和雨润决定。在智秀以后的人生里，很难见到她这样有计划、心思缜密的行动了，那时她不知付出了多少。等雨润长大以后才知道，看起来无拘无束、随心所欲的智秀在那个时候其实付出了很多，做了很多和自己性格不符的事情。小小年纪的雨润每周都等着智秀，从而忘记了痛苦。当智秀不在身边的时候，两个人一起写下的计划笔记紧紧抓住了雨润的心，在雨润想放弃的时候给予了她坚持的勇气。

等两个人真的去了迪士尼世界时，遭遇了佛罗里达的酷暑和最少也要排三个小时的队伍；管不了什么之前的计划了，印象里只记得躲在树荫里吃青葡萄和哈密瓜。后来看那时拍的照片，不要说身体本来就不太好的雨润，就连体力一直极好的智秀也两眼无神。但那样也很幸福，因为期盼的事情都实现了。年纪大一些后才知道，不是所有的梦都能成真。

“比起有血缘的孩子们，我更喜欢智秀。”

“妈妈，血缘一点也不重要，你知道的。”

雨润回答着兰静的话，站了起来。

“你今天也要去冲浪？”

“嗯。”

“不危险吗？”

妈妈一定好几天前就想问了，雨润也给出了准备了几天的回答。

“教练一直在旁边看着，没事的。”

一脚踩不到底的海水，如果掉下来的姿势不好会撞上死了的珊瑚，还有一次松垮的脚踝绷带散开了，这些事情雨润都没有说，也不想说谎。

“你结束了我们聊一聊？”

“嗯，爸爸呢？”

“不管你爸，就你和我两个人。”

“我们是不是太不关心爸爸了？”

“啊，那个，他的姐姐们会照顾好他的吧。”

“姑姑们才不会呢。”

冲浪不太顺利。应该像圭林一样去学潜水吗？不管怎么说，雨润心中的目标一直是冲浪，如果去学潜水，结果也做不好的话，可能会感觉更难受。不管是什么运动，她从没比别人做得好过，虽然也想怪在之前生病的事上，但在需要柔韧性的运动上同样表现得惨不忍睹，只能说是天生运动神经很差。

每天都来学冲浪，但其实站起来的次数只有两三次。原本应该保持好平衡后，先抬起一边的膝盖，然后再站起来，但每次站起来的时候预感都不太好，而预感从来没有错过，总是还没滑行几米就掉下来了。喝了好几口海水后，雨润勉强再次站上冲浪板，安迪用力地挤着眉毛问她有没有事。美国人是不是太爱动眉毛了，所以抬头纹才那么深……雨润在美国留学和就业这些年，一直没学会动眉毛的方法，以后看上去也学不会。

雨润向下看去，在安迪的胸口有一块看起来很严重的炎症。第一天她没注意到，几天后炎症越来越明显了，看上去像是长时间过度暴露在紫外线下而长出的肿瘤。其他部分的皮肤看上去也不是很好。是因为要保护珊瑚，所以不用防晒霜吗？还是因为一整天都在水里，所以觉得很麻烦才不用的呢？美国的医疗保险体系应该不会给他好好检查肿瘤，雨润一直有些挂心。雨润在冲浪课前后经常听到有关安迪的闲言碎语，越了解安迪，她越觉得有些在意。中年的安迪，曾作为艾迪·艾考冲浪比赛的邀请选手出战。他在北岸的小码头上生活，要坐一个多小时的车去威基基上班，没有冲浪课的时候就在另一条街上的拖鞋店做店员。安迪对雨润说，如果要买拖鞋的话，可以给她员工折扣价。

“时间快到了，再最后试一次吧。”

雨润焦躁地回头看着波涛，等待着信号。这次看上去可以站起来，结果没滑多远就从冲浪板上跳下来了，因为她不想让海浪淹没旁边戴着救生圈的小朋友。只不过，即使那里没有小孩好像也不太会成功。

“刚才那里，你的判断力很好。”

安迪像晃动着自己身体的一部分一样晃动着冲浪板，追上雨润说。

“但今天还是没有成功冲浪。”

“所有的运动都是阶梯式进步的。虽然不知道什么时候才能上一个台阶，但是不能放弃。”

为什么只有我的台阶这么宽而陡峭呢？雨润心里想。她在露天淋浴喷头下简单冲了冲身上的盐分。

如果讲解员说夏威夷从来都是这么和平的话，兰静是不会相信的。戴着白色帽子的老年讲解员用低沉的声音讲述着战争的历史，然后用淡定的口吻补充着：“不过，罗马和古希腊也是这样的。”

他指着空中悬挂的红色鱼，说以前的女性不被允许吃鱼，所以称这种鱼为禁忌的鱼，然后又补充道：“在其他文化里，也有各种各样为了不给女性吃食物而编造的借口。”

就这口鱼肉，有些伤心的兰静不得不承认，女儿和外甥女们这一代的女性比她们的个子都高。在这么短的时间里有如此大的变化，营养提升的可能性非常大。夏威夷看上去美丽而舒适，本以为会有所不同，没想到也是一样的，兰静有种失落与安心奇妙交织的感觉。讲解员没有展示过度的自负，或是助长她的幻想，而是实事求是地解说，让人信赖。

接着，游走在雕塑间听到的神话故事让她觉得非常陌生。脖子上挂着死信天翁的和平之神，统领鲨鱼、鳐鱼和乌龟的大海之神，淡水与森林之神，赐予说话能力的神和赐予跳舞能力的神……因为并不是本土人，也不是通过阅读书籍而来的知识，所以很快就会忘掉，但听这些传说还是很有趣的。其中让兰静记忆最深刻的是夏威夷人对世界起源的解读。

“所有的一切都从珊瑚中诞生，而珊瑚从黑暗中诞生……”

那是像咒语一样的一句话。大部分的神话都是从白色或者亮光中起源的不是吗？如果把这个独特的解读讲给雨润的话，她应该会喜欢的。雨润虽然不像兰静那样是热血的读书家，但品位还是相似的。有时丈夫问兰静最近在看些什么，她回答了以后，丈夫总是露出一副理解不了的表情。“那就不要问嘛。”

不久前，兰静发现丈夫在家里的后院抽烟。从雨润生病时就戒掉的烟，这把年纪又抽起来了。兰静无语地观察了一段时间，看上去丈夫也没有故意要避开她的意思，反而还说着傻乎乎的话。

“咱们家的院子不是比外面的路低一些嘛，所以开车的人好像只能看见我的头。把车停在偏僻的地方约会，结果时不时被我吓一跳，挺有意思的。”

“不要开年轻人的玩笑了。”

“也不年轻，看上去是不伦。”

兰静想象着叼着烟的明俊的脑袋露出地面的样子，笑了出来。啊，想抽就抽吧，家里也没有生病的孩子了。

“不能在家里抽。”

“那当然了。”

明俊因为兰静的嘱咐有些伤心。兰静也知道明俊绝对不会在作品旁边抽烟，他也许还会强迫性地洗三次手才开始作业。兰静在层高很高、有双开大门的平昌洞一带的房子里生活了二十年，常常被不太熟的人误会是富人家庭。她有时会解释，有时就让别人继续误会着，误会到最后解释清楚是最常发生的。其实他们只是不停地辗转租房子住而已。明俊需要把附近美术馆或画廊里的作品搬回家里修复，所以没有其他办法。500 号帆布或巨大的雕塑作品想要搬进门的话，只有那种外国人很久前建的老住宅才合适，如今这样的房子越来越少了。现在兰静也不想再拖着比别人多五倍的行李搬家了，但那样的话就需要买房子。现在生活的地方有适合做明俊修复室的空间，没有虫子和老鼠，冬天也比其他房子暖和一些，其实很满意……要不单独找一个修复工作室，然后去公寓里生活不行吗？要维持一个独栋住宅越来越吃力了。

如果在公寓里生活，如果可以养一只可爱的小狗，雨润就会经常回国，或者也许就干脆回国定居了。雨润小时候就很想养小狗，兰静因为担心她免疫力比较弱而反对，明俊因为担心小狗毁了画而反对。

“这是个住宅，却不能养狗，太不像话了。我肯定不让它进爸爸工作的地方，保证它只待在二楼。”

“如果狗晚上从二楼下来，把爸爸正在修复的作品咬碎怎么办？”

“我肯定好好管教它，不让它咬画。”

“只要咬一口也是几千万几亿韩元啊。”

“爸爸你再修复好就行了嘛。”

“为了修复才拿回家里来，再有损毁的话就太差劲了。”

虽然不让雨润养狗是合理的理由，但想到泄了气的小雨润，现在还会心痛。雨润小时候最先学会的规矩就是不随意触摸，无论再怎么好奇，也不能触摸。委托的作品是绝对不能摸的，还有明俊的数百个抽屉里装满的工具，每个瓶子里装着的化学药品，以及看上去很乱但其实都有摆放逻辑的工作台上的任何一个东西，都绝对不能碰。雨润从小就必须迅速掌握这种自制力。当然出发点是雨润的安全，但看着太早就束手束脚的孩子，兰静和明俊心里十分苦涩……雨润曾经养过一两次锹形虫，但不知是不是在年代久远的房子里抵御不了寒冷，从来没有活到它该有的寿命。锹形虫一死，雨润就会哭得像脸要融化了一般。早知道就让她养狗了，最近兰静常常会后悔。现在她想给丈夫找一个不错的空间，然后在温暖的房子里和女儿养一只小狗。养白色小狗的话，要给它好好擦干净它的泪痕。如果动物救助站里没有白色的狗，领养一只毛卷卷的、像熊一样的棕色小狗也不错。黑色的小家伙也好，但是晚上醒来喝水的时候踩到它就麻烦了，家里还得装一些感应灯。有个朋友不小心踩到自己的黑猫，结果把猫踩骨折了，这太让人震惊了，看来平时不能过于相信猫的敏捷性。

兰静从博物馆出来，坐在慢悠悠向威基基驶去的公交车上。开车十五分钟就能到的地方，坐公交车要一个小时，这和韩国完全不一样，好像是在不妨碍道路通行的情况下而采用了最低速度。一处处公交车站挨得很近，主要是腿脚不便的老人乘坐，也许担心谁不小心摔倒，所以公交车司机开得格外匀速、平稳。在总是急停、急行、急转弯的韩国公交车上很难读书，但在夏威夷的公交车上可以放心读书。兰静正好带着一本符合这次旅行主题的书——夏威夷移民一代的口述史。书里讲述的是比沈诗善女士早二三十年就来到夏威夷的人们的故事，有的是和家人一起移民来的，也有独自一人以照片新娘的身份移民来的，还有一些人是出于宗教或经济的原因而移民，这是一个将多样、坚韧的人群及幽默的口语转换成文字的成果。兰静很快就沉浸其中，她感叹着这些历史能留下来真是太幸运了。中间公交车路过书中出现的道路时，更像是三次元读书。凭感觉买的书如现在这样非常符合自己的爱好时，她总是会获得非凡的满足感。

书里是夏威夷，抬起头也是夏威夷，兰静差点就错过了要下车的公交车站。她看见已经在等她的雨润。兰静直勾勾地看着夏威夷拼布商店前女儿的背影，觉得女儿特别可爱，她是什么时候长这么大了的呢？还没干透的泳衣上随便搭了件衣服，雨润似乎不在意留下什么晒痕，被晒得黝黑的后背看上去很健康。“雨润很健康……”兰静像念咒语一样反复念叨着。

“你想要吗？”兰静走过去问雨润。

雨润甩着还没干的头发，摇摇头。

“真好看，比起小幅的，大幅作品更精美。但我没有能挂大幅的地方。”

“我们转两圈回来，如果还总想着的话就买。”

两个人津津有味地吃着当地夏威夷人应该不会喜欢的美食街小吃，慢慢逛着。这里有很多全世界都有的品牌的夏威夷限定版，逛街也很有乐趣。

“看个够之后，并没有特别想买的东西。”

“嗯，因为需要的东西都已经有了。”

在住的地方，景雅一直给大家冲咖啡喝，出来以后就想喝点其他东西。两人坐在把菠萝汁盛在巨大的玻璃杯里的饮品店里，看着来来去去的人。从世界各地飞来的人们都放慢脚步，看起来很悠闲。

“妈妈，你和爸爸总不能一直分开玩啊。”

“你爸现在应该在美术馆吧。”

明俊喜欢在不同的日子、不同的时间、不同的天气看同一幅画。

“怪不得姑姑们总是一直在观察你们，真是的。”

“你姑姑们？”

“好像担心你们会黄昏离婚。”

“我们还不到黄昏呢。”

“黄昏和离婚，你竟然反驳的是黄昏？”

“啊，有些不可思议吧？不过确实是这样啊。你姑姑们这样做不是因为我，而是因为不相信你爸爸。”

“因为爸爸有‘前科’，所以她们担心，我能理解。但她们又不是他的父母，兄弟姐妹之间这样，我不喜欢。反正到了这个年纪都是各自生活。”

对于这个“前科”，兰静和雨润都觉得有些神奇。年轻时的明俊去意大利留学学习绘画，将专业方向改成修复专家时，他和当时的女友闪婚，两个月后又闪离……不知道该称它为事件还是插曲，就连相当开放的姑姑们都觉得很震惊。听说在中世纪建成的市政厅大楼前举办的那个婚礼，没有任何家人参加，只有正好从德国到意大利去看明俊并顺便游玩的约瑟夫·利参加了。

“爸爸身上竟然还有那么果断的一面，真是无法想象。”

“哎呀，那不是果断，反而是胆小的表现。他觉得姐姐们会阻止他，算是一种回避。”

因为分手来得太快了，还没有进行婚姻登记，所以是个无效的婚姻。姑姑们常常开玩笑，叫明俊那时的恋人琪娅拉·塞尔西为“拿走，不要！”青春期的雨润坐在大人们中间，听着这段在自己出生之前的悲喜交加的历史，曾非常担忧爸爸做错了什么。那时是20世纪80年代中期，雨润很认真地猜测是不是爸爸给对方压力太大或死缠烂打，才导致婚姻那么快走向终结。但故事的前因后果与之相去甚远，琪娅拉想回到前男友身边去，可以说算是抛弃了明俊。雨润从最亲近且防备心最弱的二姑那里知道了事情的来龙去脉，这才安心下来，也更心疼爸爸了。

“就像电视剧演的那样，她最开始就是为了引起前男友的嫉妒才选择了好欺负的你爸爸。真是可笑。你出生的时候，那女人和她前男友还给你送礼物了。”

“嗯，听说我的兔子玩偶就是他们送的，还是我很喜欢的玩偶呢。”

“意大利人的东西倒是做得挺好的。”

“不过那场婚礼也算是孝顺约瑟夫爷爷了吧？”

“哎哟，在你爷爷旅游结束之前他们就分手了吧。”

听着兰静的话，雨润想起只记得手的触感的爷爷，内心变得柔软起来。不知道是不是只有那些能承受丑闻如幽灵般消散、最终活成笑话的悲哀男人才能留在沈诗善的家谱里。

“这么看，你真的很像你爸爸。”

“怎么说？”

“他去留学学美术，结果一头钻进了修复；你去留学学雕塑，结果变成你现在在做的这个工作。”

“角色设计师。”

“嗯，对。”

看着雨润和明俊说起只有他们自己懂的领域的事情时，二人露出的表情和举止动作极其相似，兰静有时觉得既神奇又无语。父女两人经常聊工作时用的工具，他们感叹着牙科用的小小电钻或组装手办的工具有多么精巧、多么好用……两个人悄悄地去参加和自己的领域不搭边却有可能生产出好工具的会议。在毫不心疼地给好工具投资这一点上，两个人绝对是一个模子里刻出来的。

“你最近还用黏土吗？”

“嗯，当然了。虽然现在用 3D 建模的时候更多，但偶尔也用黏土。有全用电子程序完成的内容，有的内容为了省钱，也会分部位用电子动画来做。”

“是像机器人那样的吗？”

“就是单纯地在机械装置表面覆盖。明明知道里面没什么，但我也挺吃惊的。”

“听上去很有趣。”

因为有趣，所以不会回韩国来吧，兰静想，看来真的不可能一起养狗了。比起韩国，美国的工作机会更多，得到的待遇也更好……也许让明俊退休，夫妇两人去洛杉矶更好。但是想到社会保障制度乱成一团的美国，还是有些头疼。

“你在洛杉矶怎么没有学冲浪？”

“关键是离海边太远了，而且那里的波浪太厉害了，我不敢。”

“回去你还会继续冲浪吗？”

“应该不会吧，太忙了，可能没时间。”

“你做瑜伽吧。挑个不危险的运动。”

“妈妈，瑜伽才是激烈的运动啊！我周围做瑜伽受伤的人特别多。”

“骗人。”

“有人做倒立昏倒，还有人从空中悬挂的带子上掉下来。”

“那慢慢呼吸就好了。”

虽然这样说，但兰静能理解年轻人是不会朝这样的方向发展的。雨润会摔倒，会受伤，但兰静不能永远在她身边。当朋友们抱怨着女儿不出门只知道窝在家里看漫画时，兰静知道自己应该感恩，也许应该多见见把子女送到其他国家留学或移民的父母。有关于这种故事的书吗？这世界上有各种主题的书，真让人欣慰。并不是所有的书都很好，也有写得不好的，总是会让兰静笑出来。

“前不久我看了一本结构很奇怪的书。”

“是写什么的啊？”

“地衣。”

“那是什么？是像纸一样的东西吗？”

“不是，在森林深处，树干上有一种绿色的附着物，就是那个。看起来像一种植物，但其实是真菌和藻类共生的复合体，即使在其他植物不能生长的环境里也可以生存下去。”

“哦，听起来挺酷的。”

“但我觉得有点害怕，越读越觉得像外星生物。没想到地球上真的有这种荒诞的东西。”

“我也想读这本书了。”

“但是突然中间跳出来料理的章节，本来是一本生物书，突然做起了菜……”

“骗人。”

雨润学着兰静刚才的语气。

“没有，真的是这样。书里突然就开始仔细介绍不同国家怎么烹饪地衣类的食物，用酱油拌一拌什么的……”

“真是要疯了。”

“难道是书太薄了，所以想增加点厚度吗？”

“都怪妈妈，我以后每次吃木耳都会想起这本书了。不要和我讲这种故事嘛。妈妈你写一本关于那些很奇怪的书的书好不好？”

“你也挺像你奶奶的，不要再说这样的话了。以为写书特别了不起吗？只要是有点墨水的人，谁都能写出来，他们在世界留下的渣滓里找到出路。可是要找到真正值得读的书不是那么容易的。”

“能说出‘渣滓’这种词的人有几个？妈妈真的好奇怪，奇怪的妈妈。”兰静的用词让雨润感到好笑。

两人走在商店的遮阳板下，橱窗里挂着小小的玻璃首饰。头裹漂亮染布的售货员倾着身子为雨润展示耳环和项链。

“妈妈，她说这是海玻璃。”

“海玻璃？就是海水冲上来的那种吗？”

“嗯，用已经冲刷成圆形的玻璃做成的。”

“我们一人买一个吧。”

兰静和雨润挑选喜欢的款式，对着镜子试戴。没想到喜欢的太多了，最后给智秀、禾秀、明惠、明恩、景雅，甚至还有海林都买了。雨润拿着买好的首饰，不禁苦恼起谁更适合哪一个。而兰静却想，这么花钱的话以后就去不了洛杉矶了，不由得后悔了一小下。

17

提问者：您的文章十分独特，和其他作家的语言风格不太一样。请问有什么秘诀吗？

沈诗善：也许是我像被摔在地上的盘子一样破碎的缘故吧。我小时候学过日语、英语、德语，它们没能均衡地组合好，在我脑海里混成一团，就像一片平坦的土地上总是这里那里有些沟壑。我像走在悬崖间的吊桥上一般小心翼翼地使用语言，填补着桥面的裂缝，所以看上去比较独特吧。有这样一种可能，人们像喜欢完美无瑕的东西一样，超乎想象地喜欢被完全破坏后又再次拼接起来的美。

——《与市民共度文学之夜》采访录（1981 年）

只有我英语不好。

圭林因为这一点很慌张。妈妈、大姨、二姨、舅舅，还有表姐们，就连妹妹海林也能说流利的英语，和别人对答如流，只有圭林不怎么敢说话。因为平时他就不是话很多的性格，所以也没有人看出他的慌张，不知是幸运还是不幸。其他人在语言上都超乎常人地发达，也许无法想象还有语言不好的人。有一次家庭聚会时，大姨夫悄悄和他搭话，他才知道不是只有自己注意到了这一点。

“说话太多了有点累吧？”

妈妈在大姨夫不在场的时候，常常开玩笑地说他是“比起高大的体格，完全没有存在感的人”，但也只是没有存在感，不代表没有观察力。在大姨身边有存在感反而是令人震惊的事。整个家族的人聚在一起的时候，只要张开嘴，空中的单词就会像麦片一样被吸入口中。想要消化所有的话很麻烦，漫长的家族旅行确实有些累，还是一直泡在水里好。圭林喜欢潜水时读秒，慢慢浮上来再潜下去的状态，只需要集中注意力在呼吸、体温和肌肉上就可以。他只想感受从嘴里吐出来的气泡。

其实，不想说话的更深一层是不想思考。不思考的时候，时间好像暂停了一样，或像超越了时间的概念，从那些在书上讲的任何一个时代逃离，一直沉在水里。圭林感觉即使世界都灭亡了，自己也可以一直这样潜在水中。

他想晚一点再和妈妈说换补习班的事情，因为直接转学的话有些麻烦……圭林无意识地摸着水里的沙子，小小的鱼群围着他打转，分辨不出是在提防他还是对他好奇。当圭林想靠近这些鱼时，它们就会退后一点，似乎有卓越的测量距离的能力。

即使想用水下的风景清空脑袋，圭林也还是总想起上个学期疏远了的两个朋友。从初中时他们就一起上补习班，那是个很小但氛围不错的补习班。虽然三个人上了不同的学校，进了不同的班级，但补习班总是同一个，所以走得很近。

给圭林起外号“故乡包子”的人是韩光。

“我有吃那么多故乡包子吗？”

“嗯。”

“那也不至于给我起这个外号吧？”

“不，这个名字完美地反映了你的性格。包子不知道都更替多少代了，但你还是特别偏爱故乡包子。巧克力也是，你吃乐天加纳巧克力永远不会吃腻。你就是那种特别容易满足的性格，语文课上学的那个词——安分知足，就是在说你。”韩光也不是总是叫他故乡包子，有时候也叫他加纳巧克力，有时候还叫他安分知足。圭林从小身边就围绕着大姨、二姨、姐妹们，而且一直上的是男女混合学校，所以他很高兴能和女性朋友韩光亲近，他喜欢从她身上感到的均衡感。

最常大声叫着圭林外号的人，是上补习班时一直坐在圭林同桌或后桌的道英。道英说话很幽默，是圭林同校隔壁班的学生，所以每次两人都一起去补习班。与圭林喜欢几乎所有的体育运动不同，道英喜欢机械，所以两个人并不算十分亲密，但也一起度过了每天中很长的一段时间。圭林、韩光、道英还有其他一两个同学常常一起去吃补习班旁边的即食炒年糕。锅里的炒年糕看起来并没有什么食欲，大家总是吐槽，但还是一边嫌弃一边开心地吃。

以后再也不会有那样的日子了。身体或心里某个地方一不舒服，空气就漏了出来。不舒服，但圭林不知该如何处理这种不舒服。

他也隐约知道道英有些问题。道英有时开玩笑会过头，有时也会说明星的坏话，经常和韩光发生争吵。升学到高中以后，两人之间的争吵更多了。圭林不记得自己在他俩吵架的时候是什么表情，后来韩光告诉他，他的表情是那种想要包庇的微笑，比道英还要讨厌。

道英单独和补习班的男生们建了一个群聊，这是让一切破碎的源头。在那个群里，道英总发一些偶像歌手的照片或搞笑的动图，他擅长用图片编辑软件，有时候也会自己制作图片上传，加入补习班同学之间都懂的搞笑元素，也加入一些对老师们的不满。圭林对群聊里堆积如山的信息感到疲惫，于是把提示关掉了，而事件发生的那个周日又和爸爸去登山，手机没电了……那个周日，道英把韩光的照片做了不雅的合成，那张照片马上就被女生们知道了——一个女生无意中看到了某个男生的手机画面。等圭林回到家给手机充电后，才看到不停涌出的未接电话和未读信息。那天，他和韩光打电话时，韩光哭喊着、骂着，埋怨圭林。她说是圭林的旁观纵容了这一切的发生。

如果是在学校发生的事情，那至少校方还会有惩戒的动作，但因为是在补习班里发生的，所以只是简单地劝退了道英和附和道英的男生们。斥责道英的男生们没有被开除。圭林没有看到那张有问题的照片，这一点在圭林的父母一起去补习班向老师解释后被认可了。大部分人都认为圭林没什么错，但韩光不这样认为。

“你很委屈吗？你快委屈死了吗？”

休息的时候韩光堵住了圭林。一开始圭林也觉得自己很委屈，如果那天有机会看到手机，圭林也会对道英发火，韩光就不会误会圭林没有站在自己这一边。比起韩光误会自己的委屈，圭林觉得整个情况才更让人憋屈。但是听着韩光的话，他开始明白自己一点也不委屈。

“你每次都是一副无所谓的表情。你没有阻止他做这些事。男生之间建这个群的时候，你接受了邀请，后来也没有退出。你……别的男生告诉你这件事的时候，你什么也没做。虽然金道英本来就是那种烂人……啊，你没看到？你在山里？就当是那样吧。只是，我过去几年里和你们这样的人在一个房间里学习，这让我……感到恶心，恶心死了。”

韩光有资格这样说。圭林知道自己的解释没有任何用，而且一点也不重要，因为他知道发生在禾秀身上的事。那个已经死了的男人朝大表姐扔盐酸瓶的时候，加害者装作受害者的时候，所有的家人都只能生咽下那份恶心。圭林绝对做不出一样的事。他需要承认自己在加害与被害的谱系里，更接近加害的一方。在手机没电和不当时机之前，是他的愚蠢和沉默助长了这一切。和韩光恢复以前的关系是不可能了。现在圭林能为韩光做的事就是提供空间。他不去补习班，在家里上网课，这都不值一提。圭林和其他同学不像和韩光那样亲近，把这些同学推向韩光身边也不算什么。但开学后还要在学校里看到道英，这有些痛苦。在走廊上碰到道英的时候，会让他意识到自己与道英之间并没有那么远的距离。

自己还要再经历那样的情况吗？至少圭林想避开这一点。他慢速而单纯的大脑运转到头痛，到了夏威夷以后才变好。好想生活在夏威夷啊，或者找个和夏威夷相似的地方——比在韩国的时候悠闲，大部分时间都在海边度过。

时不时会有想要再次向韩光道歉的想法：我应该更早站在你这边；我应该把握好群聊的氛围，不让他做那种坏事；我们是很久的朋友了，但是我毁了这一切……圭林想买一个特别的旅行纪念品送给韩光，或者咨询一下姐姐们。姐姐们遇到过类似的事情吗？会和袖手旁观的朋友绝交吗？不知道姐姐们会不会提供有用的信息，但圭林怀疑自己会把这件事讲得像为自己辩解一样，所以他既不会去道歉，也不会真的去咨询姐姐们。

“姐姐像引号，因为总是很认真。我呢，总是忙忙乱乱的，像逗号；雨润的基本表情就是问号；反而是海林很坚定，是句号……你嘛，你是省略号，嗯，省略号。”

智秀开圭林玩笑的时候说了这样的话，圭林决定把这当作一种启示。有些话是需要省略的，比如并不委屈的人说的听上去委屈的话。圭林慢慢想着，最终还是无法将过滤好的想法说出口。就像他天生的那样，用适合他的省略号也还不错。他想知道大海里的温度是不是适合思考，后来连这个想法也模糊了。收到蔡斯的信号，他开始慢慢浮上水面。

“妈，给我买个蛙鞋。”

先放下所有想说的话，圭林向景雅提出了需求。

“那个应该挺占地方的吧？我们回去的话就没有用了。”

“不，我会一直用的，所以给我买一个吧。”

租借来的蛙鞋大小不太合适，把圭林的脚踝弄得很痛。他让景雅看自己变红了的脚踝。

“好吧，不过要放在你的包里，我绝对不帮你装。”

母子二人达成了交易。傍晚，他们在几个商店里转了转，找到了一个没有任何拼接、大小十分合适的黑色橡胶蛙鞋。圭林感觉用很久也不会失去弹性，他知道自己一辈子都会使用这个蛙鞋。

他们在商场里遇到了大姨夫。

“小姨子！小姨子！”

大姨夫搂着一位不认识的大叔走了过来。

“你相信吗？我在这里竟然遇到了初中同学！太神奇了！地球原来这么小，这么小！”

妈妈匆忙打了个招呼，稍微有些尴尬，但圭林很羡慕大姨夫。如果很久以后在旅行地遇到韩光，要是能这么愉快地打招呼就好了。即使知道是可能性很小的事，心里也还是有一丝不愿意放弃的想法。

18

我们离开杜塞尔多夫，搬到了法兰克福，在那里我怀上了我的第一个孩子。虽然从杜塞尔多夫到法兰克福坐火车很快就能到，但我认为那里应该没有人会认识我们。

是谁呢？一定要把我的消息告诉马蒂亚斯的人。

虽然也有人说马蒂亚斯有随时自杀的倾向，但我知道那不是自杀。就像尸检报告里说的那样，他的肝和肺本来就坚持不了几年了，就算在生命尽头也要毁掉我和约瑟夫。不去想象会更好，但我的脑海中时不时会浮现出准备死去的马蒂亚斯哼着小曲的样子。他给我写的情书看上去极度深情，但其实追究起细节来一件都没发生过。他在写完给我的情书（也是遗书）后，给律师下达了指令。因为阁楼的窗户朝向庭院，所以他选择从低一些的四楼跳下，他就是要选择朝向大街的方向。像是他做出来的事。也有人从四楼跳下来还能活，但他不是，当场而死。

他在遗书里写因为爱我而无法忍受我的背叛，但即便如此，还是要把所有的画作、房子和全部财产都留给我，就这样，我成了整个欧洲都憎恶的女人。我成了让有才华的画家就此陨落的魔女。那时的媒体不像现在这么发达，但那时的人也如现在的人一样热衷八卦。嘲弄升级成为暴力，往往也只需要一瞬。从窗户砸进来的破石板，泼在家门口的脏水，路边伺动着的小小威胁都渐渐超过了界线，正如马蒂亚斯所盼望的那样。没有人知道他真正的意图，事情按照他摔成烂泥后的大脑中的最终计划一步步实行。有些自杀是对他人的加害，是一种终极的加害。他想杀死的虽然是他自己，但更是我的幸福、我的艺术、我的爱情。正如他不会复活一样，他执着地希望我也无法完好如初。

约瑟夫和我去了巴黎，躲在闵爱芳的家里。从杜塞尔多夫到法兰克福，从法兰克福到巴黎，像上天画好的路线一样。当时在巴黎，爱芳的父亲拥有一幢那么大的房子，让我直到现在都怀疑他是否是殖民地的叛徒，有着不可告人的生意。但作为一个父亲来说，他是个思想观念先进的人，如果没有那样的父亲，在那个时代爱芳很难那么独立、勇敢。啊，那种时代的结束本身就是种安慰。无所畏惧的爱芳保护着已经失魂落魄的我们。为了有流产先兆的我，爱芳甚至推迟了回国的时间。也是她建议等我稳定了以后再一起回韩国。

即使冒着流产的风险，回韩国都不在我们的考虑之内。但当整个欧洲都讨厌我的时候，那看起来是个不错的选择。那时约瑟夫也同意了。爱芳拜托我在马上要举行的展览手册上写短评，也是为了让无精打采躺在床上的我赶快振作起来，只不过那改变了所有的一切。

——《我的话，那样回来》(1997 年)

那是一种类似身份清洗的做法。沈诗善回到韩国的时候，阶层、地位、职业都变了，这是闵爱芳的手笔。把在欧洲得到的恶名变成某种神秘感，并不是诗善的能力。了解外婆的禾秀读出了书中省略的部分。闵爱芳让那一切都实现了。她散播或传达着消息，成为诗善和人们之间的桥梁，宛如经纪人一样打造诗善的职业。她像拥有艳丽羽毛的鸟儿，擅长使用绚烂的夸张手法，但这种才能不为自己，只用来帮助别人。闵爱芳女士有那种让人心甘情愿被蒙蔽的能力。然而，她并没有活到七老八十，年纪尚轻就去世了，不仅是禾秀，包括明惠姐弟们都记不太清她这个人了。

“她有很多帽子吧？”

“我们每次开学的时候，妈妈都会送给我们好看的万年笔。好像就是学那个阿姨。”

“她的香水很浓，但我特别喜欢。那是什么香水来着？栀子花？”

“她每次都开玩笑说让妈妈把明恩给她当女儿。”

只在模糊的记忆中存在的、只能用老照片记起的外婆的朋友，让外婆在韩国美术界有了一席之地。外婆在不安定的环境里坚持拿下的学位也起了作用。其实只要外婆下决心，还是可以再画画的，但她自己说不想继续画了。曾经画画的人怎么能不再画画了呢？就那样完全搁下？亲近的人都无法理解。像某天突然腻烦了一样，外婆再也没有拿起画笔，她将所有的画都处理掉了。马蒂亚斯非要留给外婆的画和外婆没带走的画被杜塞尔多夫的灰尘覆盖，慢慢被遗忘，后来经历了盗窃，现在偶尔会有一两幅重现在世人面前。

诗善回到韩国后，放下绘画，开始了写作。一开始用像从德语或英语翻译过来的韩语书写着诡异的情绪，后来语感慢慢恢复后，很快就写出了充满力量的文章。从三五千字的短文开始，到在不同的杂志上刊载文章，最后出版了单行本。本来只打算在韩国滞留三个月，随后变成一年，一年变成两年，后来再也没有回去。十年后，约瑟夫·利独自回德国去了。诗善在爱情和母语之间选择了语言，是个无法再让奔涌而出的语言收回去的人……做什么都不输的明惠装成大人的样子战胜了父母离婚的阴影；明恩觉得很受伤，后来干脆把自己的姓改成诗善的姓；明俊最想念约瑟夫·利，每次放假都是去德国度过的。

为了养活三个孩子，诗善开始写散文。禾秀没有听说过外公外婆是如何分财产的。在最艰难的时候，不知道外婆是不是也想过卖马蒂亚斯的画。但她没那样做，而是等待适合的时机都捐赠出去，就只靠写文章养家。她写人们都好奇的自己的私生活，但不是一次写出来，而是一点一点写。对于人们最渴望知道的部分，她只写一点暗示，而把她想对这世界说的话写成了书。不得不说这是聪明的策略，但那也许是诗善慢慢理解自己所遭遇的一切的过程。

“能看透一切的人为什么花了那么长时间才理解发生在自己身上的事呢？”

“那是因为我们现在知道的这些名词，那个时候的外婆并不知道啊。”

“名词？”

“煤气灯效应、性诱骗，这类名词。这些有着详细说明、被人们定义出来的概念，了解一下还是大有必要的。”

禾秀时不时会被智秀的聪慧震惊到。人们大都只看到智秀快乐主义者的一面，就觉得智秀不聪明，但绝对不是那样的。禾秀把妹妹的脑细胞当成宝，在酒吧里流行快乐气球[1]的时候，她不知嘱咐过智秀多少次绝对不能尝试。

“姐姐，我们不能埋怨外婆。”

“我没有埋怨她。”

“外婆已经完成了外婆的战斗，可能不够高效，可能也没有赢，但无论如何，人都只能看到时代展示给自己的界限。”

“但外婆是超越时代的人啊。”

“话虽那么说，但我们这个年纪也就只是我们这个年纪的女人而已。不，外婆那时比我们还小呢。”

埋怨的心情……肯定是有的，就像诗善写的那样，“有些自杀是对他人的加害”，那种加害反复发生，已经不仅仅是一种伤疤，也许到了痛恨的地步。对于禾秀来说，诗善就是“大人”这个词的含义。如果这个大人之前能把又重又脏的铁链斩断，让那些东西无法到达禾秀面前的话就好了，她无意识地那样想。

我也是大人啊。不可能永远是女儿、外孙女、被人保护的对象。怎样才能像大人那样生活呢？从年龄上来说已经是大人了，在心理上怎么

1　快乐气球，Happy Balloon，装满吸入后可以感到麻醉感的一氧化二氮气体的气球。曾在韩国酒吧中流行的一种吸入性毒品。——译者注

才能成为真正的大人呢？一整天都在睡觉是很难成为大人的，那是退行的症状。虽然是身体为了保护心灵而那样制动的，但应该醒来了。大家都说可以理解她的情况，但禾秀已经不想再被理解了。

禾秀身上发生了糟糕透顶的事情。她从没想过自己会成为使用“他妈的”这种词的人，外婆曾说过，脏话也是表达的一种，只不过要在合适的时机，准确而有力地表述。

“应该没有死后世界这种地方。”

“啊，那有些遗憾啊。我死了也还想继续听音乐呢。”

智秀像只肥猫一样伸着懒腰回答。

“如果外婆还停留在这世界上某个地方的话，一定不会让那种事情发生的。虽然她不可能改变整个世界，但肯定会保护我的。”

“就像雨伞形状的鬼魂？”

听着智秀没头没脑的话，禾秀努力想象着雨伞形状的鬼魂，但失败了。

“不是，比如……在白板上用模糊的字留下警告，或者在楼梯上绊倒那个混蛋。他摔倒的话，盐酸或是其他什么的就都洒了嘛。”

“如果是外婆的话，肯定会成为更有创意的鬼魂，如果什么都没发生的话，看来真的没有死后世界了——好想外婆啊。姐姐，我其实拿着外婆的纽扣盒。”

“纽扣盒？”

“是个铁质的盒子，里面装满了衣服的纽扣。买衣服的时候都会多给几个纽扣嘛，外婆一个个都用纸包起来了。扣子都长得差不多，她可能害怕弄错，所以哪个纽扣是哪件衣服的，她都写在纸上了。不过都是些不怎么会用到的扣子。扣子和外婆写的那张纸一起留在盒子里了，我只要打开盒子就会哭，甚至都可以去当演员了，需要哭戏时就打开它，百分之百会大哭。”

“原来还留着那样的东西啊。倒也不用特意拿给我看。外婆家里那么乱，反倒是纽扣收纳得挺好的，看来她也不是哪里都乱糟糟的嘛。我们知道外婆的家具是真的包豪斯家具时都吓了一大跳，烟灰缸和台灯是玛丽安娜·布兰特设计的，差点就扔掉了。”

“外婆拿回来的时候都是比较新的普通物品，谁也不知道那些会变得值钱。”

“妈妈说，越是独自生活的女人，越要用好家具，所以就给了明恩姨。她好像放在仓库里。”

“她总搬家，以后会拿出来用吧。”

“我好想念外婆家里大大的藤条椅啊，都被扔了吗？”

“有一个在我房间里。最近藤条椅又流行起来了，看起来特别自然。”

“你重新定制了坐垫吗？”

“嗯，量好尺寸去东大门定做的，用了又大又硬的叶子花纹的纱布。好像哪里有那把椅子的照片来着。藤条间的缝隙里藏着好多灰尘，至少有三十年没清理过了……我用棉签擦到快累死了。”

“妈妈和外婆性格应该不太合。”

“姐姐你被妈妈拉来旅行，也挺累的吧？”

“是我主动说要来的。你想和我一起去吃松饼吗？”

“我想陪你去，但已经有约了。”

智秀脸上露出了轻微的愧疚之色，禾秀有些伤心。妹妹觉得应该保护姐姐，至少应该保护姐姐的心情，这让禾秀觉得不舒服。

“又是那个人吗？不是危险的人吧？不要随便什么人都跟着走。”

“蔡斯……应该没关系。”

"行，你的直觉很灵。我们几个人里，你的直觉是最准的。"

"姐姐你不放心的话，和我一起去吧。"

"不要，算了。"

智秀也没有再劝，她挑着在禾秀眼里看上去一模一样的T恤比来比去，做着外出的准备。看不下去的禾秀从自己的行李箱里拿出几件衣服给她，结果智秀偷穿了早早出门的雨润的衣服。禾秀直直地看着她，智秀回过了头。

"雨润不会在意的。"

"我什么也没说。"

智秀出门后，禾秀也开始了出门的准备。不过是洗漱和换衣服，却用了比智秀多很多的时间，中间时不时大段地停下来，像因贫血而毫无气力的人一样，停一停，动一动。

等到了松饼店，禾秀才发现自己忘记带诗善的书出来。她用没有人听到的声音轻轻叹了口气，拿起松饼店里摆放的报纸来看。禾秀觉得被人听到叹气是不够大人的行为，总是十分在意。报纸上讲着如何募集到当地需要的教育资金和保健资金的意见；有因猛烈的海浪将沿海公路淹没，对封闭区域公示的公告；停车场盗窃犯、在国立公园非法使用无人机的人的照片，交替地摆在一起；然后是讣告的页面：电工、助理图书管理员、鞋子设计师、海军老兵、菠萝农场的机械修理工、空军老兵、酒店职员、经理、砂糖农场的监理、运动教练、基金会会长……从五十二岁到九十三岁，大多是这个年龄段的人。去世的人中，女人们没有被标记职业，或是标记为家庭主妇，还有几个看上去是韩国人的人。他们和外婆认识吗？不认识的话至少曾擦肩而过吧？讣告后面是二手物品和不动产广告，展示着夏威夷各地房屋的照片，照片中的房间没有任何缺点，庭院看上去也非常完美。禾秀不由得看了好一会儿。

“你要买房子吗？”

松饼店主人放下一盘松饼，问禾秀。她错过了回答的时机，因为店主快速从禾秀手中拿走报纸，看起广告上房子的地址。

“如果你要像最近一样常来我们店的话，这里很近。”

店主展现着她的亲切，禾秀也就问了一直想问的话。

“这里的松饼真的特别好吃，我也想让其他家人尝尝，请问这里卖松饼粉之类的东西吗？”

其实，超市或便利店里有非常多夏威夷松饼粉，但店主夸张地摇了摇手臂：“如果直接用粉的话，会有这么好吃吗？绝对做不出这个味道。”

是自己失礼了吗？让对方生气了吗？所以店名才叫“适度表达”吗？禾秀有些慌张。

“你把他们都带来，如果都像你一样瘦到只剩骨头的话，那我可要好好喂饱他们了。”

万幸店主看上去没有什么不愉快，她看着禾秀干瘦的胳膊摇了摇头。禾秀的心情也跟着好起来。和外婆关系好的外孙女们对年纪大的女人都很宽容。禾秀把报纸放到一边，专心地吃起松饼来。月经已经好几个月没来了。为了睡觉，为了一直睡觉，也不怎么吃东西，就算吃了也没多少能留在胃里。但“适度表达”的松饼仍像第一次吃时那样，留在身体里被吸收了。

禾秀找到了想带回去的东西，仿佛早就已经决定好了，但该怎么说服自尊心强的店主是个问题。说服别人需要精力，禾秀要让自己的精力再多一点。她偷偷看了厨房几次，但那天始终没有开口。

19

明惠：其实我小时候很羡慕那些母亲是传统女性的朋友。去别人家玩的时候，看到他们家里干净整洁，我就想生活在别人家。我们家的厨房里甚至还长出过蘑菇。听说哪里有个人死了，或者不小心吃过什么死了，作为家里长女的我每天都担惊受怕，所以天天打扫家里，但我们家人还挺多的，对吧？刚收拾好就马上乱糟糟的。妈妈对过日子完全不上心……过去这样也就算了，现在的话，恐怕要被当作弃养、虐待而告上法庭了。

明恩：不是，姐姐……去世了的人也没法出来反驳，你说话用词委婉一点嘛。导演，麻烦您好好剪辑一下。

明惠：怎么了？妈妈把我教得不会说谎，我能怎么办？我的女儿们都很爱外婆。但我们几个和妈妈一起生活过啊，很累的。说“对妈妈只有爱”真的只是一句空话。母女关系本来就是这么复杂的东西。我人生里经历过几次失败，离过婚，也把继父的公司弄倒闭了，才知道原来妈妈——不是传统意义上的妈妈帮助了我。妈妈是个不会对那些无聊的事费心的人，从来也没有用世俗的标准来批评过女儿们。

景雅：我觉得她是那个时代很少有的妈妈。因为妈妈，我才能无视所有关于恶毒继母的故事（笑）。我们家里常常会来客人，客人们总是会称赞哥哥以后会成为“成大器的小子”。有一天，不知道妈妈是不是听烦了，就对不停称赞哥哥的客人说：“那我的女儿们呢？难道是不成器的娘儿们吗？”这让对方很没有颜面。那时妈妈紧紧搂着我，她说的“我的女儿们”里面包含我，我特别开心。

明恩：这倒是个不错的回忆，就是“不成器的娘儿们”是不是有点那个？就不能斟酌一下词语再说吗？

景雅：是不是因为导演是你的朋友，所以你太敏感了？你别总担心来担心去了，你的典型作风。反正，妈妈是个价值观非常特别的人。那是在妈妈过世前不久吧，她蹲在阳光下不知道拿着打火机正在烧什么，我走过去一看，原来妈妈正在烧别人送给她的香奈儿墨镜，说尺寸有点不合适。

明恩：（叹气）这也不是个很重要的事情。

明惠：听不惯我们的话，你来说说看？

——特别企划《母女》（2017 年）未播片段

在大岛上，明恩不停地走着，走过破火山口，走到瞭望台，走近前一年才刚刚喷发过熔岩的地面。这里看起来非常惨烈，四处飘散着对身体有害的火山烟雾，明恩只是略微避开一些。她想看喷涌出的红彤彤的熔岩，应该早些来。

本来是打算带着对妈妈沈诗善的思念走这段路的，但不知为何总是想起爸爸约瑟夫·利。感觉像对诗善的背叛，心里竟有些不好受。会想起爸爸，是因为系好登山鞋的鞋带后在脚踝上再系一次的方法是爸爸教会她的，每次系鞋带的时候都会想起爸爸。来到需要四轮驱动车和登山鞋的岛上，不太可能完全把爸爸从对妈妈的思念中摘除。

户主制废除[1]后，明恩马上改了姓。家里人都不太理解她为什么非要做到这一步。过去的事情就让它过去好了，大家都这么安慰她。她没有对家人解释，虽然事情已经过了这么久，但真不是因为生爸爸的气才这么做的，只是想这么做就做了。她听见过几次妈妈叫错外孙女、孙女的名字后，就想这么做了。像许多外婆一样，本来只是叫一个孩子，结

1　韩国于2008年1月1日正式废除性别不平等的户主制。——译者注

果连其他孩子的名字也一起叫，甚至还会换姓叫名字，比如把朴禾秀叫成沈禾秀，把郑圭林叫成李圭林，把李雨润叫成郑雨润。乱七八糟的，但也不是很大的问题。明恩觉得如果在四姐弟里至少有一个人跟诗善姓就好了，所以即使再麻烦也换了自己的姓。那时爸爸已经去世了，即使他还在的话，也只要法院同意就可以换姓了。

爸爸只不过是个没能成功移民的人而已，家人们最终下了这个结论。这样的事可以发生，她在成为大人之后慢慢理解了。能够移民到没有任何牵绊的地方的人并不多。如果是去马来西亚半岛的某个地方的话，也许结果会好一点，但也说不好。约瑟夫·利在韩国无法扎下根。诗善在文学和韩国美术界像藤蔓一样缠绕生长，生下三个孩子，教他们说韩语，而约瑟夫·利却一直像飘浮在空中一般。记忆中的他那空洞的表情是真的吗？还是只不过凭自己的猜测赋予了这种意义呢？爸爸已经尽力做了他自己可以做的事。他以中介的身份将韩国画家们的作品推荐到欧洲，也确实有几幅获得了成功，还曾经打算开画廊，但最后还是像泄气的气球一样失去了动力。是因为怎么也不长进的语言问题吗？总之，和伴侣不再心意相通，爱情的温度渐渐冷却，他还患上了思乡病。爸爸说去德国有事要处理，结果去了之后就再也没有回来。明恩有时候想，这样卑鄙的方式真不好，还不如那种哭喊的离别呢，她心里怨恨过爸爸。虽然后来他通过信件、电话解释过，但姐弟们心中各自留下了伤痛，有人选择回避这个问题，也有人慢慢理解了约瑟夫。

“也许我们就是那样的关系吧，必须有外部的压力才能维持的关系……没有马蒂亚斯的压力之后我们就要分开了。这事和你们都没有关系，爸爸没有抛弃你们。”

诗善说着她自己的结论，明恩不想连这个都怀疑。她不想以任何形式承认马蒂亚斯的影响。

最后一次见到爸爸，是为了参加慕尼黑的学术会议。明恩坐火车去杜塞尔多夫，和爸爸一起度过了几天。那时为了让年老瘦弱的约瑟夫·利多笑一笑，明恩提到了明俊失败的意大利婚姻。而爸爸觉得那好像是自己的错，一副愧疚的样子，这让明恩眼眶不禁泛红。已经戴上了厚厚眼镜的爸爸，一直穿着宽松到有些邋遢的衬衫的爸爸，想用德式英语对女儿道歉的爸爸……他是个亲切的人。明恩明白了诗善为何最初看中了约瑟夫，她的脑海中可以勾画出年轻时约瑟夫的样子。

那个时候，约瑟夫的第二次婚姻也失败了。既然过得这么孤独，还不如和我们一直生活，明恩想要埋怨他几句，但忍住了。明恩偶尔会觉得生长在这样反复结婚的父母膝下，自己却一次也没结过婚，还真有些神奇。

“年轻。”走着走着，明恩不由自主地说。

这片土地太年轻了。不管走多久都觉得不够熟悉。这是个每当熔岩喷发，地表就发生变化，海岸线也发生改变的岛。明恩觉得哪怕多换乘一次飞机，和家人们分开几天也来得十分值得。平时她脚踩、挖掘的土地是古老而稳定的土地。这个对比使她的心情产生了巨变。

“你要那样挖地生活到什么时候？你这是要做鼹鼠姨母吗？”

明惠对她唠叨了二十多年，最近好像放弃了，也不知道鼹鼠姨母这个称呼是从哪里来的，但明恩挺喜欢的。和明惠误会的有所不同，明恩其实并没有经常挖地。她的基本工作是在调查地表的同时最大限度地防止其损毁，特别的情况会钻进洞穴去。年轻时考古为了挖探方，腰部受了伤，现在老了就要受罪，但整体上还是份值得做的工作。让她疲惫的是行政事务。如果是文物局或财团资助的学术调查的话，心情还比较放松，但如果是在建筑基地上发现遗物，精神压力会非常大。幸运的是，福利彩票的基金可以用于资助小规模发掘事业。明恩只要看到买福利彩票的人就想拥抱对方，没有比福利彩票更能帮助学术和艺术的了，如果人们都能习惯性地买福利彩票就好了。“虽然幸运只会有少数人获得，但您的行为为保护濒临毁坏的文物提供了支援”，她至少想告诉对方这一点。

“您的发掘报告写得太翔实了，是沈诗善作家的女儿的原因吧？”虽然明恩没有主动说过她的家事，但大家都知道，她已经听过很多这样的话了，很久之前就已经不再在意。明恩给公共机关写研究资料等文章谋生，并不是为财，沈诗善对这点好像很感兴趣。

周围的人并不是都像明恩一样轻装上阵，但明恩就是属于没什么行李的人。家人都希望明恩用妈妈留在付岩洞的家具生活，但那对明恩来说太重了。

明恩最喜欢的文物是扶余博物馆的一个陶器，既不华丽也不珍贵，和明恩也没有什么个人关系。它是那种在很多博物馆都会出现的形状简单的陶器。它的形状有点扁，也没到完全不能用的程度，只是上半部分略微有些塌，也许陶匠心里想着“反正都做出来了，将就着用吧”，于是就留下来了。这件失败的作品应该没想过自己经过一千五百年后被收藏在博物馆中。肯定有比它更精美的陶器，但偏偏它被发掘、保存下来，如果4世纪的陶匠知道这只陶器被展示在玻璃窗里，该有多惊讶啊！这是个穿越一千五百年的笑话，一个关于时间的无趣的笑料，反正懂的人没有多少。

发掘10世纪以前的文物而不是去挖20世纪的遗骸，真好……发掘的方式并没有多么不同，但明恩无法揣测究竟该以什么样的心情来做那份工作。她觉得二者看起来有些相似，但她其实对其他工种只有模糊的认识而已。很快就要开始在T乡进行挖掘调查了，家人们总是问明恩这件事，但她没什么可说的。明恩不知道自己是在用东奔西走来切断痛苦，还是用回避来作为自我保护的方式。

在意识与无意识的边界走着，明恩来到了原样保留下的去年喷发出火山熔岩的平原，好像有人正在那里采集着什么。与他们眼神交汇时，明恩本想用眼神打个招呼就走开，那个人却突然站了起来。

“你是植物学家吧？那军靴，那帽子，那个夹克和裤子！你是植物学家对吧？”

明恩心里摇了摇头，感慨美国人的外向让人有压迫感，但还是朝那个人走去。

“不是，不过看上去差不多，我是考古美术学家，研究佛教美术的。”

“真的吗？我推测错了啊……我以为绝对不会错呢。不过，你看起来确实有佛像的微笑！”

拜托，千万不要想起餐厅里摆着的那种只有头的佛像，明恩一边想一边朝那个人笑了笑。

“您在采集什么？”

明恩觉得自己也应该表现出感兴趣的样子，于是问道。

“是桃金娘树花。”

“熔岩刚刚凝固，就随风飘来种子了吗？”

“桃金娘树花的种子不是通过风传播，而是通过水流而来的。很不可思议吧？”

明恩接过植物学家递来的花朵仔细看着。

“不过你路过这种花的时候要注意蜜蜂。今年已经有几个人被蜇了，出了不少事。”

明恩感谢对方的忠告，还回花朵。植物学家折起帽檐来看了看明恩，然后把花朵小心地放在纸中间，还在角落里写下拉丁语学名，然后递给明恩。

“送你的礼物。”

在没想过会收到礼物的地方得到一个礼物。在应该还未被标注到地图上的空地上，偶然遇到的人不知为何送给明恩花，还告诉她花的名字。明恩有些惊讶，如果是妈妈的话，应该会比自己更优雅地回应对方。她先妥帖地把礼物收好。

“谢谢。我好像找到了一直想在大岛上找的东西。”

传说如果把火山的副产物从原地拿走，或带到岛外的话，就会激怒佩蕾，受到她的诅咒。与其说明恩相信这些传说，不如说她更愿意尊重。本来还在苦恼应该给妈妈的祭祀上送什么东西，结果一个偶然遇到的人帮忙解决了。这不是火山的副产物，而是栖息在它上面的种子开出的花，应该可以避免诅咒吧。明恩想回赠对方东西，找到了总是放在包里的一个香囊，上面还有檀香的味道。递给对方的时候，她还担心是不是会加深随身带香囊的亚洲人的古板印象，但对方很开心。明恩打算不想那么多了。挖掘古老土地的人和观察新地表的人交换了小小的礼物。

明恩发消息告诉家人她要回去了，说自己找到了很棒的东西。所有人都有一丝轻微的急躁。

20

不知为什么，我对夏威夷的记忆总是很模糊。是因为过去太久了吗？还是因为那些日子里只有不停反复的辛苦呢？每天几乎都是相同的日子，并没有在记忆里留下什么旗帜鲜明的东西，虽然旗帜鲜明也不总是好的事情。只有偶尔会想起碎片般的往事，比如针叶树的针叶太粗了，是不是就不应该叫作针叶树了？这种短暂而愉快的记忆，鲜活而零碎，也就只有这些了。

为了填补空白的记忆，我曾专门找夏威夷的书来读。前不久从尤其喜欢读怪书的兰静的书架上借了一本关于热带鱼的书。其中有一章是关于蝴蝶鱼的，在流动的水中，雄性与雌性各自产出精子和卵子，它们既不保护自己的孩子，也不照料他们长大。真是方便啊，我想。在下一代还未形成受精卵前就离开的父母……令人意外的内容是，在这种简单的繁殖方式下，一百三十多种蝴蝶鱼中会有七八十种结成一对生活。即使不是交配的季节，它们也会两两一起在珊瑚群的顶端游动，寻找食物，不知是因为寻找食物的时候多一双眼睛会更好，还是在轮流吃食物时方便巡视周边，甚至每对鱼是不是都为一雄一雌组合，这些疑惑专家还没有研究出来。无论如何，鱼类也有着超过繁殖以上的关系，这有时会让我感到没那么孤独。

——《沈诗善日记 1994 年夏》

“嘁！”

蔡斯打了一个喷嚏。

“喃，你打喷嚏的声音好特别。”

智秀笑着降下车窗，窗外湿热的空气飘了进来。

“是吗？我第一次听别人这么说。”

“你下次打喷嚏的时候可以录音发给我吗？”

“什么？你不是开玩笑？”

“嗯，我在收集人们打喷嚏的声音。”

“收集起来做什么？”

“现在还没想好。”

“真的有人发给你吗？”

“嗯，你想想，打喷嚏之前人是知道的嘛。”

“那我也发给你。”

“那就约好了啊。”

“嗯。所以，你平时做的是收集声音的工作吗？”

“我每天要收集一首新歌，或者收集一个新的声音。我想努力把音乐库收集得满满的，但其实不知道自己是不是真的能做好这件工作。”

“为什么？”

智秀想着应该如何向蔡斯解释。最近流行的这些根本算不上打碟，只不过是模仿打碟而已。比如在酒店游泳池边的墙面上，按顺序播放Youtube上的MV……那不是打碟，虽然看起来差不多，但完全不是。尽管报酬很高，这种要昧着良心做的事智秀都拒绝了。每次完成还不错的演出后，被别人评价“与其说是混音做得好，不如说是表演很精彩，观众都在互动”，她就会感觉很受伤。她觉得这种说法说得没错，所以就更受伤。智秀对在做混音时用“打”这个动词想了很久，一开始她觉得对看不见摸不着的东西用一个表达工艺的词有些奇怪，但慢慢觉得非常合适。应该精致地去打，但自己还没有达到那个境界。只有到了那个境界，才能完全掌控演出。智秀曾经看过那样的演出，所有人完美地被“打”好的音乐连成一体，音乐结束也久久不愿散去。人们随着同样的节奏晃动，只有极少数的DJ才能在短短几秒内就让这一切发生。

“也许是我没有才能，也可能错失了应该提升自己的时间。而且这世界上DJ实在是太多了。特别优秀的人都已经有自己的位置了，还需要我吗……也许这也是个做一段时间就得换的工作。我做过很多工作，好像没什么能一直做下去的。”

“不要这么说。你是开放型的人，所以对变化能积极地应对。我第一次见你的时候就感觉到了，你是个开阔的人，就像稳稳打开的窗户或通风良好的房子一样。”

“所以才想和你更亲近。”蔡斯这么说，于是智秀暂时释怀了。两个人度过了紧凑的一天，像蔡斯盼望的那样正在慢慢亲近。在蔡斯给她介绍唐人街的时候，智秀感觉蔡斯可能是华人。听说唐人街的建筑是用当时货船为了保持平衡压在舱底的砖头建造的，船员们认为没有用而丢掉的砖头被来自中国的移民者保存下来并加以利用。蔡斯讲这些的时候脸上露出了自豪的神情，智秀又猜测他可能是中国人后裔。接下来他带智秀去的地方是午餐肉饭团店和日本炒面店。

“真不敢相信，这里的炒荞麦面比在东京吃的还要好吃！”

智秀赞叹道。蔡斯很高兴。

“我都说过了，比我外婆做的更好吃。”

外婆做过炒荞麦面的话，那他是日本人后裔。

两个人开着车到了东部海边，那里有智秀有生以来看过的最干净的海滩，两人吃着打包带来的午餐肉饭团，一粒米饭也没剩下，收拾得干干净净。

“沙子怎么会这么干净呢？沙滩里什么都没有，只有纯净的沙子。”

走了一圈就找到了原因。这里没有停车场、商店、厕所、淋浴室和救生员，长长的海岸线上没有任何商业设施，只有住在周围的人可以享受，是个没有被开发的地方。对游客来说有些不方便，但本地人应该很早就明白，世界上有比旅游业更重要的东西，因此沙子才能如此干净，没有一件垃圾。

“能住在这里真好啊，这里完全是天堂！”智秀看着远处小小的岩石说着。

蔡斯却被这话吓了一跳，他有些犹豫地说：“但我应该要搬走了。”

“为什么？”

“在这里生活太贵了，而且会越来越贵。”

“是因为年轻人找不到工作吗？”

“工作是有的，大部分都是服务业，但收入能跟得上物价上涨的工作不太多，而这里的房价、食品和生活必需品的价格都是美国最贵的，所以很多人都搬走了。”

“搬去哪里呢？”

“加利福尼亚，大部分人都搬去那里了。”

看着蔡斯平静的面孔，智秀变得有些难过。要离开这样的故乡，让人无法相信。

“什么嘛，这里根本不是天堂啊。”

“这个世界，没有哪里是天堂吧？”

蔡斯有些慌张。

“但是汽车后窗上写着‘Welcome to Paradise’，让人以为这里是天堂，为什么要贴那个？”

“那是出于人们对这里独特的自然环境的珍爱。也不是说一点问题没有，比如不动产价格飞涨、干净的水和下水道处理系统不足。”

气氛有些忧郁，两人浮潜了一会儿，晒着阳光晾干身体。这里没有淋浴的设施，所以没有办法冲洗。尽管身上散发着盐味，时不时还掉下沙粒，但这都不算什么，两人变得亲近起来。智秀听蔡斯讲自己的故事，知道了他是在夏威夷原住民、瑞典移民者和日本移民者复杂的历史背景下出生的，感到有些高兴。

“我是德国人、马来土生华人和韩国人的结晶！”

“我们是说也说不清的地球人啊！”

“如果人类越来越交融，听说大约五十年后就都会长得像我们一样。”

那样的世界好像很快就会来临，也好像永远不会到来。

“但是为什么别人不叫你的名字，而是叫你的姓呢？”

智秀问起对蔡斯好奇的地方。

“你怎么知道的？”

“你弟弟的生日蛋糕上写了全名，所以知道。”

“啊，那个蛋糕太大了。嗯，我喜欢别人用姓叫我，所以大家都这么叫我了。”

“这样啊。”

“特别是在青少年时期，有显著性别倾向的名字让我很有负担。现在我正在准备变性，这种事已经不会让我痛苦了……”

只是随意提起的问题，却让对方说出了隐私，智秀心里觉得很抱歉。看着蔡斯平静的面孔，她不想过度地陷入内疚。

“知道了，我不会忘记的。”

“‘不会忘记’，太严肃了，又不是在《疯狂的麦克斯》里。”

“要严肃才行，我之前犯过非常大的失误。”

智秀告诉蔡斯自己几年前的一次失误。那次她要写一篇推荐十名女性 DJ 的文章，却大意地将一位无性别主义者 DJ 包含在了里面。截稿之后，虽然可以解释为关系不熟导致的，但总归是因为自己不够敏感才造成的失误，于是她马上修改了稿子，也向当事人道了歉。但这件事还是留在了智秀心中，她觉得好像自己的粗线条总是给别人造成伤害。听完这些之后，蔡斯也变得严肃起来。

“那你也是个性格好的人。”

“哪里好了？”

“我认为这世界上有两种人：总记得别人错误的人和总记得自己错误的人。后者明显更好。”

“只分成两种人是不是太单一了？”

“也是，不应该这样。”

两人像落水狗一样躺着大笑，然后说着不太重要的话题，慢慢闭上了眼睛。像是把后背和大地连在了一起，他们进入了温柔又深沉的梦乡，醒来之后天边已经有了晚霞。

“都落日了啊。今天也没有拍到彩虹。听说二姨已经找到很好的东西了。”围着丝巾的智秀嘟囔道。

“我饿了，比萨？”

“比萨！”

变得很亲近的两个人差点因为对夏威夷比萨的不同意见暂时疏远，他们吃着各自喜欢的口味，然后在莉莉哈烘焙店里吃了椰子泡芙作为餐后甜点。

“是不是应该买点其他面包和其他口味的泡芙啊？”

“嗯，种类真的很多。”蔡斯在智秀的耳边悄悄说，“但是相信我，只买椰子泡芙就行了。椰子泡芙是最好吃的。”

“相信你。”

智秀决定相信本地人的评价，买了一整盒椰子泡芙。然后他们开车到坦特拉斯山山顶去看夜景。

“相信我，首尔的夜景更美，独树一帜的美。你要去看看。”这次智秀在蔡斯耳边悄悄说。

“知道了，相信你。”

比起首尔，夏威夷的灯光稀稀拉拉的，也很微弱，但椰子泡芙和帅气的同伴却是不能否认的。即使没有遇到命运般的彩虹，这一天也已经完成太多事了。

21

人们总是问我，我的文章里有死亡的味道，到底是谁死了。真有趣，人们等着一个文学性的回答，却猜测有一个人死去了。我无法说出虐杀，总是回答说有一个死去的恋人，在很小的年纪，富有悲剧性而美丽地死去了。因为我知道那是人们期盼的答案。但现在我要说了，那已经是20世纪发生的事情，我认为应该可以说了。只要想到那残忍的画面，我的心脏就生疼，肋骨像要断了一样，但我还是要说。在I乡，我的家人们死了，全部都死了。只有我一个人活下来了。

——《女性××》(2001年)

草裙舞老师把夏威夷准确地发音成“ha-wa-ii”，让人感觉很帅气。明惠跟着老师学习草裙舞的动作，也跟着她一起发音和思考。明惠想要尽可能多地学，但时间有限，也许永远也学不到草裙舞的精髓。她有些悲伤，但这悲伤才是旅行的本质。明惠对夏威夷充满好感，但她也明白也许永远都无法真正靠近。

老师叫草裙舞为“kumu hula”，学习草裙舞的地方叫“halahu”。明惠大概知道美国人禁止跳草裙舞，然后又将它贬低为针对游客的煽动性舞蹈的理由了。因为他们惧怕草裙舞的力量。越学越能感受到每一个指尖的力量和震动。草裙舞是语言，是文化，也是宗教的一部分。连自己这样一个外人都有感觉，对夏威夷人来说草裙舞该是多么珍贵的舞蹈啊。明惠的草裙舞老师是在接二连三的苦难中活下来的人，每次课程结束都会讲一些夏威夷的精神。明惠像期待学习舞蹈一般，同样激动地期待听这些故事。

“随着库克船长到来的还有疾病，那是夏威夷群岛与外界隔绝时并不存在的疾病。那时有数不清的人死去，有的说只剩下十分之一的人，也有的说只剩下二十分之一的人。活下来的只有四万人。我们热爱了两千年的土地变成了种植园农场。白人传教士的后代占领了农场，为了增加劳动力，大批亚裔移民者从大海的另一边来到这里。农场主们为了逃税，与美国合作了。发生的每一件事都不是我们的意愿。为了防止我们的精神和文化被稀释，我们曾做过非常多的努力。幸运的是语言被保留下来，草裙舞也留下来了，但要做的事还有很多。总之，不能只把我们当旅游‘商品’。相信大家来这里学习，也是想要有更深的理解。”

明惠突然对自己来之前在都乐菠萝农场吃了一个菠萝冰激凌有些羞愧。妈妈虽然只在这里待了几年，但她正是这个被剥削的岛屿上添置的劳动力，这一点让明惠感到愧疚。

“我举一个例子来告诉大家都发生过什么可笑的事情。从海那边来的企业家突然出现，将我们传统食物的名字作为商标登记。那之后本地人就不能在菜单和牌子上使用该食物的名字了。很愚蠢吧？但后来那个公司倒闭了……没有任何的后续措施。每次外来者的介入，我们的文化就被蚕食一次，本地人生活越来越艰难了，让人绝望。”

草裙舞老师常常用“本地人”这个词，好像和原住民有不同的意思。本地人不包含人种和血统。只要是在夏威夷生活很久的、对这个地方有眷恋的人都包含在本地人中。明惠对这一点进行了追问，老师仔细地解释了这个含义。

“保留原住民的文化是最优先的事项，因为它原本就濒危了。在这一点上原住民和其他有色移民者并不总是意见一致，但偶尔也会团结合力，避免更大的堕落。[1]嗯，是的，为了避免这里成为浅薄的商业土地、不是为了榨取而是想过真正生活的人都可以叫作本地人。”

1　引用自《夏威夷原住民的女儿》(*From a Native Daughter*)，Haunani-Kay Trask 著，李日圭译，周江贤解读，西海文集出版社，2017 年。

明惠对这个并不封闭的范围设定很满意。韩国的“本地人”也应该有这种概念才行，拓宽“谁可以属于共同体”的范围，引入这种概念很有必要。韩国社会中的移民人数在持续增加，在需要包容更多样的人群时使用“本地人”的概念不失为一种不错的可能。可以翻译成本地人吗？好像也不是单纯地扩大现在的韩国人的含义……还是说词汇可以不用改变，但人的认知可以变得更加宽阔呢？越来越复杂了，明惠的头有些疼。如果草裙舞老师和妈妈能见面的话，也许可以出现很有趣的对话。明惠没有走诗善的路。对于明惠来说，语言和想法是完全的经济活动。诗善虽然也有一点这样的倾向，但根本上是不一样的。

听到“血统”这个词，明惠想起在来夏威夷前，给T乡的遗骸发掘队寄去遗传鉴定样本的事。那是她有生以来从没想过的经历。该如何面对与泥土中的骸骨有关联的事情，到现在还不是很清楚。能找到祖父母和妈妈的兄弟们，还有他们的配偶和孩子中的谁呢？舅妈们的基因该如何匹配呢？没有找到匹配的人或者没有可匹配对象的人会算作“无亲属遗骸”吗？当时只有一两岁的小外甥们的骨头应该已经找不到了吧……回想家人们的记忆是非常痛苦的事情，但记忆和遗骸又有些不同。

“我们拿到那些骨头的话，该怎么处理？”

“火葬后和妈妈的骨灰撒在一起。还能怎么处理？”

“要不要现在建一个家族骨灰堂？”

“听说有集体葬礼，要是建什么追思公园的话，应该就没这种苦恼了。”

姐弟们之间的意见也不太一致。明惠和明俊希望尽量节省空间，明恩像僧侣一样说不需要实际摆放的地方而是在心中留下一个位置，景雅没有发表意见。

草裙舞和冥想很像，总是从内在深处涌上气泡来。明惠从草裙舞教室走出来，心里一直默念着。她解除了手机的勿扰模式，信箱里就进来八封邮件。学草裙舞的两个小时里就有八封邮件，看来现在真的应该把公司交给景雅了。景雅好像一直在犹豫。这是她俩在处置了景雅爸爸的公司后重新建立的公司。明惠的嘴里涌起一股与当时的苦涩不同的味道，但无法准确地判断是什么味道。

明惠回到住的地方，看到禾秀把薄毯像罗马长袍一样围在身上，正在读一本诗善的书，可能是因为运动量小而体温比较低。

“怎么在夏威夷还觉得冷呢？尚宪说他什么时候来？”

“该来的那天就会来了吧。”

“你对你丈夫就这么不关心？”

禾秀没有回答，只是摸着已经有些卷起来的书页。

“智秀呢？”

“去见朋友了。”

“不是去约会吗？”

“智秀没有分得那么清楚。”

“智秀确实什么也分不清啊。”

对大女儿的这句话，明惠跟着点头同意。二女儿从小就是这样。和性格圆滑的人能相处，和敏感的人也能玩到一起；和外国同学能一起玩，和残疾人同学也相处得很好。可以说她没有尺子，只有笛子，在人群中快乐徜徉。高中的时候，说起一个小学玩得很好的唐氏综合征朋友时，智秀的反应特别符合她的个性。

“他有唐氏综合征？”

“嗯，你不知道吗？以为你知道才和他一起玩的。”

“我完全不知道。”

“你没有在学校学过吗？”

“那个时候没学过。啊，你们怎么不和我说？怎么办？他很胆小的。我什么都不知道，总是让他从高处跳下去。我要是知道的话绝对不会那么做。现在感觉有些对不起他。真是要疯了。姐姐你也一直知道吗？妈妈和姐姐都太过分了。”

“不过他和他妈妈都没有特意说过什么。”

“心里肯定埋怨过我……肯定埋怨过。我曾经对他说过‘你怎么那么胆小’，还催促他从两个台阶上跳下去。天哪，太后悔了。他好像曾经还因为我摔倒过。”

那时候咬着指甲后悔的二女儿，仍然不断敞开心扉走向外界，来到夏威夷也是一点没闲着。但大女儿一直在民宿里待着。两个人要是中和一下就好了，只不过没有什么是按照父母的想法实现的。

“你不和我一起去学习草裙舞吗？”

“不去。”

“草裙舞真的很好。”

明惠还想再说点什么，忍住了。

“是特别治愈的感觉吗？”

明惠品味着禾秀的这句话里是不是藏着尖刺，但在她平淡的表情里看不出任何东西。

“是怕你太无聊了。”

“不无聊。”

“午饭吃了吗？”

“嗯。”

“吃了什么？”

“松饼。”

明惠想起禾秀昨天和前天都吃了松饼，有些惊讶。禾秀喜欢吃松饼吗？到了每天都要吃的地步？明惠有时觉得禾秀很陌生，也不全都是因为发生在禾秀身上的事，好像她一直都是那种感觉。诗善也偶尔会觉得女儿们或者儿子陌生吗？现在也没法知道妈妈的想法了。

明惠毫无办法地坐在沙发上，在脑海中复习着当天学习的草裙舞。

22

我去演讲的时候，一到提问环节，很多父母都会问我，子女想走艺术这条路，作为父母该怎么做？也许是因为我既画画也写作，所以他们以为我会有什么贤明的回答吧。

首先，我会最大限度地告诉大家现实，但也希望父母不要太过强硬地反对或禁止。艺术界的失败与成功都很夺目，但其中成功的例子非常少，这在过去或现在都是一样的，也许以后永远都会这样。然而这并不是问题所在，有比这更加紧要的关于安危的问题。想要进行艺术创作却没能成功的人，在外人眼里也许看起来过得不错。他们过着安定的生活，却慢慢在伤害自己，这是我常常看到的，大家不知道吧？真的都是无法形容的自残程度。“啊，这个人要出事了”，当我这样想的时候已经晚了，没有任何能帮助他的。即使在大公司里上班，继承富裕的家业，获得丰厚的钱财，拥有温柔的伴侣或可爱的孩子，也仍然在心中某个地方有一片阴影。寄生虫没什么可吃的，就会吃人的内脏。收藏家或艺术爱好者能有效舒缓心理需求是件幸运的事，但大部分人并没有这样的好运气。最终他们对工作失去了斗志，对周围的事情完全不感兴趣，那些比我还要贫穷的艺术家只会消费，最终连自己都被消磨光了。他们主要把自己消磨在酒和赌博这些破坏性的事情上。不如在没有负担的年龄就开始搞艺术，即便没有成果也会比这样好。

当然，什么时候都可以开始搞艺术，但以职业为目标而非兴趣的艺术，大致还是不能开始得太晚。只有少数非常优秀的人会在四五十岁时开始，那时的门槛极其高。所以，作为父母一定要知道自己孩子的品性，比起孩子到底有没有才能，不如认清搞艺术这件事是不是孩子自己的主张。孩子是不是在愉快地写作、唱歌、跳舞，如果不做这一行会不会痛苦，请观察一下吧。如果是否定的话，那就更不需要替孩子做人生的选择了。那样的话，孩子前进的马达是不会被别人操纵的。对，别人。父母最终也只是别人。父母可以为孩子打破对这世界过度的幻想，但那份可能性是灵光一现还是可以持续下去，就让孩子自己去确认吧。

——韩国 ×× 父母联盟邀请演讲（1984 年）

夏威夷的鸟类看起来生活得不错，海林慢慢下了结论。首先，鸟儿们看上去很干净。海边的公共淋浴处不能用肥皂洗澡，只能用淡水将身上的海盐冲洗掉，在人们洗完澡之后留下的水坑里，鸟儿们聚在一起也洗着身体。你们也知道淡水是个好东西呀……不仅是淋浴处，很明显鸟儿们知道很多洗澡的好地方。

这里绿地很多，寻找食物看起来不太难。连鸽子的待遇都提升了，这让海林震惊。鸽子们飞进大门敞开的餐厅，慢悠悠地走着，啄起面包块吃，也没有人出来制止，甚至都不会有往外赶它们的动作，也许是帮助清理了地面的缘故。以前看到鸽子停在有钉子的建筑外墙上或者脏兮兮的桥梁下面时，总感到悲伤，但来到夏威夷以后，情况看起来很不错，鸟儿们没有受那么多苦。

海林真正好奇的是夏威夷的本土鸟类，但想要见到很不容易。比起原生种类，外来鸟类更容易适应城市或急剧变化的环境，所以看到的外来鸟类更多。每当海林激动地打开图鉴时，才发现看到的彩色鸟只是亚洲或北美的外来鸟而已。有从很远的地方飞来的鸟，也有不费什么力气坐在货船的桅杆上而来的鸟。有的鸟十分聪明，而有的鸟完全没有保护自己的能力，海林不喜欢这一点，她会对什么都不懂、单纯到把自己害死的种类感到愤怒，虽然细想后发现那份愤怒的对象并不是鸟类……要是能作为鸟类出生就好了，而不是人，海林偶尔会有这样的想法。有一次她在小区花坛的深处看到已经死去很久只剩下骨头的鸟的残骸，连骨头都很干净。鸟类真好，比人类好。

“在你出生之前，我梦到窗外有一群鸟一直在叫，所以你才这么爱鸟吧。上辈子你可能是只鸟。”

妈妈说她曾听到过鸟叫声。

“那个时间就吵吵闹闹的话，应该是栗耳短脚鹎。”

“没有特别吵闹。”

“那就是大山雀。”

虽然不是讨厌栗耳短脚鹎，但还是大山雀更好。在春天和夏天，小大山雀学习沟通时的叫声，会吵吵闹闹的，从秋天开始就非常安静，它们在树木的阴影中小心翼翼地练习飞行，在必要的时候才叫一声。海林喜欢这一点。通过一个季节就成长为大人是什么样的感受呢？海林很难想象。沉默之前的鸟儿们真的很像小孩……小孩、小狗和刚出生的小鸟都既可爱又吵闹，弱小而引人注目，这是他们的共同点。虽然要说可爱的话肯定是春夏的大山雀，但占据海林内心的却是秋天以后的大山雀。到冬天很多鸟儿都会死去。大山雀的寿命是七年到九年，她只能盼望着死去的不是当年就出生的大山雀。为什么会无条件地爱着这种心脏快速跳动却短暂地存活、只留下轻飘飘的羽毛和瘦弱骨头的对象？海林自己也无法理解。也许和爸爸对薄翅蜻蜓的感情一样，是遗传而来的吧，对某物种的无限爱意真的写在了遗传基因里。

“在古生代的时候，有翅膀长达六七十厘米的蜻蜓飞来飞去。”说这话时爸爸的样子十分激动。海林小时候差点被没有牵引绳的狗咬伤，幸运的是并没有因此而变得怕狗，但如果是巨大的蜻蜓追来的话，那应该有些可怕，被咬一口就麻烦了。有些说法认为蜻蜓变小也许是因为鸟类的出现。唉，自己确实和爸爸的喜好不一样。

爸爸总是穿条纹衣服，喜欢独自行动，很像大麻鳽。妈妈喜欢明亮的颜色，身材玲珑，像鸳鸯，当然是那只华丽的雄性。哥哥运动神经很好，像翠鸟，别人都觉得很难的运动他很轻松地就完成了，为什么没想过做专业运动员呢？想到自己常常把大姨和鹈鹕配成一对，海林笑了。还没有亲眼见过鹈鹕，但在纪录片里见到过它躲在巷子口咬过路人的大腿，那份气势很有魅力。禾秀表姐给人的感觉是鸻类，但还没想好是哪一种鸻。智秀表姐想都不用想肯定是鹦鹉，社交性好的锥尾鹦鹉和她非常相配。明恩二姨就像松鸦，去山里看到安静的松鸦时，马上就想起了明恩二姨。明俊舅舅的嘴巴突出来一点，像鹬。舅妈看上去很端庄，但了解以后就知道其实不好惹，让人联想到灰喜鹊。雨润表姐是八色鸟，虽然没亲眼见过八色鸟，但在心里觉得表姐很像它。还有漏掉的人吗？啊，漏掉了大姨夫，云雀？大苇莺？旋木雀？

海林经常一整天都在想鸟类，想着它们的翅膀等身体各部位。她喜欢画下亲眼见过的鸟类，需要用好多彩色铅笔来画。前不久去江原道玩的时候，见到一只突然从地面飞起的紫寿带鸟，她完全看呆了。海林很想画那只鸟，因为这种鸟很少出现，家里的鸟类图鉴里都没有包含这种鸟，网上也没有找到合心意的照片。

没能亲眼见过的鸟类太多太多了，但世界在慢慢终结……

海林对这一点一直有危机意识。全世界的探测家们、鸟类爱好者们、学者们、相关人士都陷入了震惊和恐慌中。只要想到这一点就会感到茫然，睡梦中也会惊醒，她觉得自己应该像环境运动家们一样替鸟类站出来。

还有，人们普遍对鸟类不关心。关心鸟类的人早已经急得跺脚了，其他人却一点也不在意。鸟类在逐渐灭绝，而人类连在玻璃上贴一张贴纸都不愿意，加速着鸟类的灭亡。玻璃能效低的建筑仍在不停建造，真是讨厌；电视购物里卖的鹅绒被，大型活动时都会放飞的风灯，只要想想就会觉得恶心……每次说起这种话题，大人们就会说“你长大了去改变现状”或“你好好学习，就可以做出改变”，他们那种既觉得好笑又很欣慰的反应快把海林逼疯了。你们开心地把这个世界毁坏之后，让我们来修理？鸟儿们都死了还能做什么？将来再去做努力不觉得可笑吗？于是海林和谁都不太说话了，除了有共同爱好的人和散落在世界各地的爱鸟人。所以，这也是海林英语还算不错的原因，在焦虑和绝望中和外国人交流。

“海林，起这么早在做什么？”明恩打开房门，看到桌子上海林的画后和她打着招呼，“啊，这是你喜欢的那种鸟对吧？大山雀？”

“不是，这是紫寿带鸟。”

“颜色很接近啊。”

“大小和外形完全不一样。”

“哦。”

“二姨，你知道吗，有一种尾巴和你带回来的那种弯着的花样子一模一样的鸟。”

“是为了吃蜂蜜吗？”

“嗯，所以特定的植物灭绝的话，某种鸟也会灭绝。”

“原来尾巴是因为这个才进化的啊。”

“人们引进了各种外来植物，鸟类会跟着死掉，所以后来又开始种本土植物。”

“我真不知道还有这种事。”

大人们什么都不知道，也不想知道。海林决定人生中重要的选择一定要靠自己。摆脱毫无用处的过度竞争，投入更多精力去关注鸟儿，让自己的一生都在帮助鸟儿，这样的人生有可能吗？最近哥哥看上去也不太想去学校，如果两个人联合起来说服妈妈，说不定会有其他办法。虽然一天里和哥哥说话都不超过五句，但他也没那么难相处。郑圭林很好欺负，海林心里嘟囔着，舌头舔着前牙。要不然就装作对薄翅蜻蜓感兴趣，跟着爸爸去研究？有蜻蜓的地方大概率也会有鸟类。爸爸表面不按常理出牌，但其实很保守；妈妈看上去很保守，但其实不走寻常路。要好好游走在他们的缝隙中。

海林一边给紫寿带鸟的尾巴着色，一边默默地制订起了计划……明恩看着可爱的外甥女，给她倒了一杯橙汁。

23

在艺术里用统计的方法是不可能的，因为原本特例就非常多。我可以说的部分都是经过自己粗略的观察而得来的。我的结论是：作家们大概每二十年会经历一次转折。从十岁开始画画的话，那么三十岁、五十岁、七十岁各有一次转折；从二十岁开始的话，四十岁、六十岁、八十岁……对，八十岁。我不是在开玩笑，八十岁的时候也会迎来变化。有些作家不分年龄，每天都画画，那是一种痛苦的幸运。总之，算是某种飞越的转折点吗？我大致可以说那样的时刻每二十年会来一次。作为一个中途放弃的人，我觉得很神奇。不需要什么特殊的努力就可以白白得到那华丽变身，目睹激变的过程对我来说是一种刺激的喜悦。不知是不是因为我是个容易感受到喜悦的人，所以才能一直活到现在。

每二十年一次的激变可能是表达能力的突飞猛进，可能是主题的转换，可能是突然喜欢上的某种素材，也可能是之前没有发现的某种颜色，还有可能是参禅尽头的得悟。特别是最后一种情况，西欧人极度沉迷于此……（笑）所以，朋友们，请大家挺过接下来的二十年。这不是件容易的事，拐点到来的时候就果断地转身吧。请珍惜每天都要使用的关节。啊，听到这句话有的人在笑，而有的人脸色变沉重了。现在就已经有关节酸痛的人了吧？关节的问题不是小问题，有人用一辈子也没什么事，而有的人即使特别在意也会出问题，这真是不公平。但能有什么办法呢？请保重身体。

仍有很多不足的我，能站在这里为大家的毕业祝贺，我感到很高兴，但我可能看不到大家二十年后的革新变化了，这一点有些遗憾。二十年后遇到让自己惊讶的下一个阶段时，请想起今天吧。不是让大家想起我说过的话，而是想起一起坐在这里的同伴，互相记住各自的成就吧，感受这像烟花般的喜悦。

——×× 美术系毕业祝词录音（1995 年）

如果听到自己是家中一男三女中的“一男”的话，一般人都会认为自己被偏爱，明俊却努力让自己不要笑出来。他如果说“我的母亲是那种在我毕业典礼那天去别的学校演讲的人”的话，人们都会大吃一惊。也没什么特别委屈的，“委屈”是不好的情绪，姐姐们早就给明俊注入了这种思想。相比之下，明俊对诗善的感情可以说是“好奇”。真是一个神奇的人啊，而她自己并不觉得自己很特别，这一点让明俊有些困惑。像诗善那样神奇的人都没能做到的事，自己也不可能做到，这也许是他放弃画画而转向修复画的根本原因。说实话，在雨润放弃雕塑的时候，明俊有些失望，有些心痛，直到最近才没有了那种想法。明俊运气很好地找到了最适合自己的工作，所以他能理解雨润的工作对她而言的独特之处。

对于明俊第一次正式又不正式的失败婚姻，有的人会直白地说是诗善的责任，明俊觉得韩国人这种爱说“父母的错”实在是有些过了。当然，生活在自由奔放的家庭确实助长了发生那种事的概率，但这个自由奔放的家里并不是只有诗善，还有爸爸，后来还有继父，但每次都怪罪到妈妈头上，这不是很奇怪吗？最重要的是，一个二十多岁的人去了意大利，犯类似错误的可能性太高了。虽然现在可以笑着说出来，但那时他因为太难过还得了抑郁症……最近明俊总在心里吐槽姐姐们，别拿这事开他的玩笑行不行，实在是太残忍了，那是他不愿再想起的青涩青春。

那份青涩现在消退了吗？职业上获得的安定感确实会支撑起其他方面，妈妈常说的这句话是对的。一件事做二十年的话，会遇到像台阶一样的东西，跨过它会获得一种成就感。不仅仅是艺术，所有的事情应该都是这样的吧。多亏了先进的工具，现在明俊经常使用数字显微镜、光谱测色计、酸度计和厚度测量器，但偶尔也有刚接手就可以在脑海中呈现作品放大后的漆层的情况。以谦逊的心态一次次确认的做事方法一直没有改变，对作品最终样貌的预期判断带来的安心感，备好不同种类的黏着剂时的喜悦，能得心应手地使用电烙铁时的满足感……最重要的是获得了做事的直觉，明俊感到非常幸运。在刚开始做这一行的时候，他满怀斗志，发生过不少自信地接下工作后只得退回去的情况。现在，像初次检查作品时的谨慎态度会一直持续到工作最后。之前的主要问题是在修复中使用公式不正确的合成树脂或其他新材料。为了找到解决办法，他要试验新的材料，然后并不是次次成功。失败的情况下，就会浪费委托人的时间。明俊曾一度迷茫，自己该不该尝试呢？尝试的结果只是来回折腾作品。后来慢慢地，他生出了直觉。直觉是种细小而尖锐的东西，用了二十年才露出个头。这真是不能计较效率的事情啊。但还能怎么办呢？有时也希望画家们不要使用还没被验证的实验性材料，但这样的期望是不现实的。有些画家还会故意搞小动作，创作不能保存的作品，反正想要保存的人是收藏的人。也许正是在这种微妙力量的较量下，给了修复专家一个空间。

明俊对工作之外的自己是不是变得不那么青涩了反倒没有什么信心。

“不成熟的男人，特别让人讨厌。”

大姐说这话的时候，明俊感到一种不公平的非难，但他不想和别人争吵。

“你继续这样的话，搞不好要经历黄昏离婚，真是担心你。”

二姐的话让明俊有些动摇。

“哥哥你反正也不是那种最优秀的伴侣。”

妹妹的评价让他受伤。

反而是生活在一起的兰静没怎么表达过对他的不满。两人是曾经为了守护孩子而共同战斗的战友，现在更像是室友。各自有各自生活的领域，互不干涉，维系着可以互相信赖的经济共同体，每天一起吃一顿饭……到底要怎么精心呵护家庭？哪里还要做得更好呢？明俊完全摸不着头脑。

来到夏威夷也只不过是共用一个房间而已，明俊干明俊的事，兰静干兰静的事。结果姐妹们让他们去散步、去兜风，给明俊不停地使眼色，推着他的后背，就差明说了。好累。景雅亲自把车钥匙塞进明俊的手里，催促他：“现在没人用车，你们快出去。”

明俊伴着夏威夷的落日开着车，偷偷看坐在旁边的兰静。家庭旅行这种东西确实让人很累。兰静只是因为雨润会来，才跟来的。风从打开的窗外吹进来，兰静和雨润一起买的玻璃耳环一晃一晃的。不知是不是感受到了明俊的目光，兰静开口说道：

“帝国主义的面孔为什么都这么相似呢？”

“……什么？嗯？”本想表现得自然些，但还是失败了。

兰静大部分时间都在看书，读完书之后头脑里的想法四处乱窜，她不会说前因后果，而是从中间就开始对话，她就是这样。为了成为一个好的伴侣，不让她烦恼，就要很好地跟上她天马行空的中间部分。

“我说的是夏威夷被合并的过程，你应该知道。突然来了一批外国人，掠夺土地、掠夺资源、损毁文化、建立伪政府、吞噬所有。从传教士到军队……这样处理一切。”

“处理？”

“嗯，帝国主义的风格。同样的事总在发生，可憎的面孔都一模一样。”

“那种年代都是这样，上个世纪，上上个世纪，上上上个世纪……”

“还没结束。”

“啊？”

“现在正在继续，只不过方法变巧妙了。我们生活在包装得更好的帝国主义时代。”

“哎，这么说就……”

“你喜欢美术馆，我喜欢博物馆。难道还有比这两个地方更能体现帝国主义的地方吗？”

“但我们也在为摆脱帝国主义努力嘛，已经想了很多办法。”

“还远着呢。被掠夺的东西永远无法复原，掠夺者根本不知道自己做了什么。你看看美国，曾标榜自己是正义的一方，但他们对夏威夷做的事，还有对印第安人原住民做的事，就说明一点：帝国主义者并不知道自己是帝国主义者，他们不承认。”

“来之前也不知道这些事情嘛。”

“那倒是。”

明俊犹豫了一会儿，问道：

“我们，没什么问题吧？”

兰静诧异了一下，笑出声来。

“你又被姐姐们操控了？怎么一把年纪了还能被她们戏弄？”

“不是，她们以为我做了什么很严重的错事。”

“姐姐们挺奇怪的，总那么想，甚至还对我说你在意大利结婚的事情是你的错。”

“什么？其他就算了，那件事我真的是受害者。真是太过分了。”

“可能是怕你像他们，所以才担心的。”

“像谁？”

像沈诗善和约瑟夫·利中的谁？两个人想了好一会儿。

“她们觉得我是被抛弃的吗？被爸爸？”

“不是，这么想的话就有点过分了。”

“妈妈是个对伴侣忠诚的人。我是这么认为的。”

“但妈妈在德国的时候很辛苦，幸好遇见了爸爸。姐姐们好像希望这段关系不是逃避而是真正的爱情吧。孩子们都会有那种想法嘛，谁不希望父母是真心相爱才在一起，自己是爱情的结晶啊。”

“因为他们的关系没有一直维持下去，所以姐姐们才有些不安？但不管怎么说，干吗要从我下手？她们自己过好自己的日子吧！”

“你好欺负嘛，所以我才和你结婚。”

“我可是因为你很坚强才和你结婚的。”

“我？我哪里坚强？”

“你滑冰的时候，摔倒了也没有放弃。”

明俊想起了年轻时的兰静。兰静是被派遣到明俊所在机构的工程师，为了设置管理系统短暂地工作过一段时间。那时候里院的小池塘冻住了，每到午饭时间，人们就出来滑冰，兰静也悄悄买来了滑冰鞋。

“因为我是釜山人嘛，看到首尔人都穿上滑冰鞋，心里也好想试一试。”

从小就滑冰的同事们在冰上娴熟地滑着，兰静却一次次摔倒。但她没有放弃，直到派遣期结束的时候，她终于可以自如地滑冰了。那不勒斯女人和釜山女人可能都会让他受伤，但那时向兰静发出约会邀请真是正确的选择。明俊从没后悔过。

“在夏威夷想起冰来了，好奇怪，是吧？”

“我们，真的没问题吧？”

明俊又问了一次。

“嗯，你真是一堵还不错的墙。我说出自己想法的时候，你会把有趣的想法弹回来。”

“我以为我们在进行有来有往的球类运动，结果我是一堵墙？”

兰静只是笑笑，没有将明俊升级到墙以上的东西。还不错的墙，虽然很无语，但明俊还是接受了。

“回到住宿的地方后，我们显得亲密点再进去？要不挽个手臂？”

“行，这我可以配合你。”

明俊在脑海中搜索着哪里有离家近的冰场。兰静则想起了刀刃发钝而扔掉的第一双滑冰鞋，那是一双坚挺的白色冰鞋，扔的时候很心痛，现在要借鞋来穿了，应该也不错。两个人心中想起的冰冷但愉快的记忆在阳光下马上融化了。能不能再次想起都足够了。

24

不知怎么就活到现在了，也将会不知所以地死去吧。在这段路上我没有悲痛而死，原以为是因为还年幼的孩子们，最近我觉得不是那样，是因为已死之人我才活下来的。从一场哀悼到另一场哀悼，那样惊慌失措地走着而没有倒下，是因为我是死去的人的记录官。留下的人如果不记录，那他们的人生就什么都不是了。某种意义上，我像玩捉迷藏时蒙住眼睛等着找人的那个，他们却说好一起先离开了我。

前不久我在外孙女们面前很丢脸地哭了。那时电视里说现在有了预防宫颈癌的疫苗，我想起了爱芳，大哭起来。外孙女们惊慌失措，我很不好意思。我的朋友就是得了这种现在可以有疫苗的病早早死去，我抑制不住地悲伤痛哭。我的爱芳，我遇见过的人里最让我震惊的人，她让死气沉沉的东西也戏剧般地焕发生机。我没有跟着她一起死，而是选择记录下她。我的心脏靠这个信念撑下来。

谁会读到这份记录呢？文明终究会归于尘土，这也许是件毫无意义的事。我们甚至都不会长过玫瑰的生命。你们知道从早期智人算起，人类在地球上只存在了二十万年，而玫瑰则存在了四千万年吗？当然那时的玫瑰与现在的可能完全不一样。我希望有一天能亲眼看看化石，玫瑰的化石。听说最初的玫瑰就是在这附近，在东亚盛开的。

我会先守护玫瑰群下的坟墓。完成捉迷藏的使命后，我也会一起长眠，在花瓣下，尘土下，白雪下。对在我之后玩捉迷藏的那个人有一种怜惜的心情。

——《最后留下的那个人》(2002年)

雨润抬着棺材。不是美国式的棺材，而是韩国的松木棺。她紧紧抓住粗糙的木头抓手，走在最前面。这是谁的棺材？为什么要抬着棺材走到这么远的地方？棺材看上去既小又大，周围看起来像白天也像黑夜。回头看看，像是一个连影子方向都不对的世界。

“是奶奶的棺材。”

有人在她耳边轻语。她想回头看看，但头好像没法转动。

“奶奶的棺材不可能这么重，奶奶没有这么重啊。”

雨润反驳道。她的反驳没什么分量，谁都没有回应她。前面是台阶，不合理的台阶，向下走了一会儿又开始向上走，像是地铁站里为了防止渗水设置的台阶一样。

“有声音，你们听见了吗？”

棺材里有刮木头的声音，像死者戴着的手表和棺木碰撞的声音。应该是要火葬，怎么还会戴着手表呢？雨润觉得奇怪，但没有问，即使问了也不会有人回答她。

“累吗？我替你抬一会儿。”

有人说要替雨润抬一会儿。

“不，没关系。”

“胳膊应该很累吧？”

“不累。”

本来一直都不累，突然肩膀上没有了力气。眼前又一次出现了台阶，雨润两只手抬住棺材，拼尽全力不让它掉下来。说要替她的人总是拉扯着棺材，妨碍她。怎么回事啊，快放开，结果拉扯间把棺材掉在了地上。棺材全散开了，棺盖也打开了……

雨润被每天设定的闹铃叫醒，好像忘记设置静音了。

幸好没有看见棺材里面的人。“不能松开棺材，不能看里面，也不能换位置。”雨润在压抑的氛围下念叨着，眼睛逐渐适应了黑暗的房间。不舒服。在不舒服的床垫上睡过很多次了，但这次还是很不舒服。看了看旁边的床，智秀不在床上，可能一直没回来或者回来又出去了。雨润打开灯，开始看邮件。虽然都是关于工作的邮件，但做噩梦之后，她想让头脑里充满其他信息。邮件里简单轻松地向雨润问好，接着说知道她在休假，但休假结束后马上就会有头脑风暴会议，因此先发此封邮件来告知，如果没提前看到这封邮件的话，到时候直接来参会也可以。“如果是你的话，可能到休假结束都不看这封邮件吗？不就是让我看才发的吗？”虽然感谢把她从噩梦中救出来，但对这些工作狂上司，雨润还是在心中发泄着不满。总之邮件的重点是，客户是一部恐怖电影的艺术指导，希望设计一个埋在沙漠下的怪物，让她这几天构思一下。“如果有时间的话，一边享受假期一边稍微构思一下。”……雨润想说，真是搞笑。到底是只有工作狂才能成为管理层，还是成为管理层后都会成为工作狂？雨润搞不明白。本以为在韩国可能被压榨到死也赚不了多少钱，才去美国发展的，结果在美国的压榨更多，虽然赚到了好几倍的钱，但生活费也是成倍增加。哪里有哪里的烦恼。

“你可以做恐怖风格吗，或者血腥类的呢？只做可爱的风格是不行的，你可以想象出血肉模糊的效果吗？”

想起最初面试时面带疑惑地询问她的那些人，雨润叹了口气。这样问是因为雨润是女性，还是因为她是亚洲人？还是两者都有呢？

“恐怖和血腥是我的特长。”

雨润自信地回答。那时雨润的作品还很少，但后来的作品越来越多。仿佛是为了证明自己，她在设计时加入了很多恐怖元素。在小公司的时候她同时做角色设计师和 3D 建模师，后来换到大公司就把精力集中在角色设计师上面了，只有别人忙不过来的时候才会偶尔帮忙做 3D 建模，平时也没有必要展现自己。

虽然说恐怖和血腥都是自己的特长，但如果问更喜欢哪一种的话，是恐怖。比起恶心的血腥，看不见的恐怖更不容易生厌吧。只表达轮廓，强调重点部位，最大化影子，加强声效，这种方式对雨润来说得心应手。在明亮的地方直接露出正面是不可能让人一直感到恐怖的，不被人觉得好笑就已经是万幸了，雨润有信心把半遮半掩、充满神秘的角色设计得比其他人都好，团队里的其他人也都认可雨润的方向。即使是看不太清楚的恐怖角色，设计组也要把从表皮到骨架等各种细节都考虑到位。

如果是普通设计师的话，可能会将蝎子、沙漠蝗虫等变形后加以设计，或者是在沙漠狐狸或猫鼬等可爱的外形上添加震撼的内脏器官。比如主人公觉得它很可爱，于是走近，它张口咬人时内脏器官格外突出。但这也很陈腐，都是已经有过的设定了。没有比避开已经有过的东西更难的事情了。电影的历史并没有多长，游戏就更短了，是因为人类想象黑暗的东西的时间需要很久吗？反正也睡不着了，雨润打开了灵感文件夹和被弃用的怪物的文件夹。灵感文件夹是分类整理的，包含奇怪的动物、植物及动物和植物的奇妙结合体。被弃用的怪物的文件夹是之前设计过但没有被采用的形象。我的孩子们，我没有出生的孩子们……雨润对自己的设计有很深的感情。被弃用的怪物还可能有获得面世的机会，不符合这个项目的怪物没准十分适合另外一个项目。

雨润很喜欢沙丘包裹着死尸移动的故事，她在考虑借用这个故事。沙子中有什么东西？露出沙子表面的是裹在破布里的骸骨。利用好奇心理做诱饵让主人公打开破布。要不然让这个怪物背对主人公站着？人都是看到背影就想再看看正面。或者是像花朵引诱昆虫来传粉？那样的话，诱饵该怎么呈现？毛刺？黏液？神经？该怎么碰到对方呢？用食虫植物的捕虫器？要不然就直接用肠子……雨润一直觉得隧道像肠子。也可能完全不需要诱饵。主人公走着走着，走到一个像陷阱一样的区域。这是什么？他抬头看上方，粗心大意的他可能只想赶快逃跑。那是瓣膜，瓣膜打开又闭合的瞬间，地面向下塌陷。地面下，肠子的绒毛蠕动着，有很多东西寄生在绒毛里。那沙漠就是一个食物链？

之前看书时读到绿洲也不是人们想象中那么美丽的地方。来此喝水的动物们的粪便大多会污染水源。危险的绿洲和绿洲里的浓雾？或者是在不得不喝水的情况下，水中有什么东西？脸上沾满血沫子的同伴突然攻击主人公？主人公吐了一口，吐出来的东西会移动，怎么样？

听说沙尘暴会让人失明。为了防止失明，人们会佩戴护目镜。如果大到能吹破衣服和皮肤的风中还有其他什么东西的话……雨润在前不久的项目里设计过一种像刀刃一样锋利的种子，受到了好评。玩家给这个种子外力，种子就会向四面八方发射，打烂一切东西。只是把原来就存在的会爆炸的种子做得更凶狠了而已，却增加了游戏的趣味性。这个设计和那个种子太相似了吧？要警惕自我复制。风中的……丝绸围巾？像丝巾一样飘来盖住脸，然后让人物窒息而死，然后怪物再慢慢利用尸体好像也还不错。要怎么打败这种怪物呢？

海林说的那种蜻蜓很可怕，妈妈说的地衣也很可怕，败血症也很可怕。到处都是危险的东西。在大海里一不小心受伤，得上败血症的话，想想就觉得可怕。想到菌类，真的非常危险，但菌类怪物是最近的大热门，还是避开为好。石棉也可怕，辐射也很可怕，还有什么呢？

即使准备再多，客户也不知道他自己想要什么。这一点既造就了雨润的这份工作，也让前路困难重重，只能给客户展示方案数十次、数百次，于是被弃用的怪物的文件夹就越来越厚。知道自己想要什么的客户是真正的A级客户，但除非是吉尔莫·德尔·托罗[1]，很少有人知道。看到2019年版的《地狱男爵》，雨润不知有多么失望。德尔·托罗已经都打好基础了，竟然还可以做得那么差……没有德尔·托罗就做不好的事情为什么还要花那么多钱去做？可以说是雨润初恋的鱼人，在这版里没有出现反而是一件幸事。文化产业中的所有事都是一线差异决定的，那一线差异到底是从哪里来的谁也不清楚。即使是同一个人，慢慢也会创作出无聊的作品。一线差异很像一种非常容易失去的东西，也更像是一种有保质期的东西。如果自己也能有就好了，希望可以永远不要失去这种力量。次文化界明显存在着让人不舒服的东西，制作怪物的大师们到现在都是男性，雨润想大声说出“这里也有能创作出精彩怪物的

1　好莱坞著名导演，主要作品有《水形物语》《地狱男爵》《环太平洋》等。——译者注

女性”。这是名誉欲吗？还是虚荣心？不过文化产业不就是凭着名誉欲和虚荣心转动下去的吗？

到底应该多么热爱这份工作才行呢？热爱工作的心才是不被驯服的怪物，甚至一不高兴还会露出牙齿来咬主人。这会让身体生病，毁掉人生。但少爱工作一点的时候，又感觉有点像挑选被驯服的小宠物的心情，有些伤自尊。在朴素的幸福中寻找意义吧，比起外界的评论，更注重内心世界的充实。男性和女性谁更赞同最近这种关于生活方式的呼声呢？内心充实的人生很重要，但雨润很怀疑这是不是为了剥夺女性获得世俗成功的策略。想要获得成功的话，生活就一团糟，埋头工作的话搞不好可能死掉……

也许这种苦恼是小时候久病的人特有的东西。这种孩子的人生永远都是未来完成式。雨润心中的未来里，她自己已经死了，她用在死之后回过头看现在的形式来判断现在的人生，也许是这种别扭的视角带来了苦恼。什么是重要的？什么是有意义的？什么是毫无意义的？如果三年后死去的话，现在应该做什么样的选择？什么是被别人注入的欲望，什么又是自己的欲望呢？在哪里做加法，又要在哪里做减法呢？

“哎，你醒着呀？”

头痛将要袭来的时候，智秀带着迷糊的表情进来了。

“姐姐，你真的是每一天都活得很充实。”

“不要连你也嘲笑我。”

“不是。你看上去状态很好，我才说的。”

智秀随意地把包放在地上，扑通一声躺在雨润的床上。

“你要清空脑子里想的东西才能在浪上站起来。”

“你能不要总说大实话吗？”

雨润被智秀头发上散发出的户外味道震惊了。夜晚的空气、香烛、美国特有的地板抛光剂的味道，隐隐约约混合在一起。到底去哪里度过美妙的一天了，她心里有些羡慕。

“姐姐，我回韩国好不好？”

“怎么了，很累吗？”

“这次休假结束的时候，大家都回韩国，只有我朝反方向走，有些难过。”

“那我和你一起走？”

“你的时间可以吗？”

“时间没问题，但是钱有问题。你没有时间吧？”

即使智秀说跟她留在美国，雨润也会大部分时间都在公司里度过。

“太累了就回来。你不是说那里也有很多说不清的事情嘛。”

“但是姐姐，我真的只会做怪物。我想做一次巨大的怪兽再回去。”

“你想做巨型怪兽？”

“嗯，既然都做了这个职业，就想做个最大的。”

“那你应该去日本。”

“最近日本的怪兽也都是在美国做的。”

“哎呀，这帮家伙，把亚洲的东西都拿走了。”

“就是说啊，文化霸权这种东西真是令人讨厌，脑子里就没有‘适当’这种概念。”

大雨润两岁的表姐开始趴着认真地思考对策，黑暗中她的眼珠子闪烁着光。

“难说啊，不管是回来还是留在那里……我也不知道。我要在那里生活过才能知道。”

“姐姐你能马上承认自己不知道的事情，这是优点。我很想知道你的建议。”

“我去的话肯定很幸福。我离你近一点，或者离便利店近一点的生活就是最幸福的了。”

“我和便利店是同一个级别吗？”

“我的花费一半都花在便利店。我好像也不太可能过上大型超市的生活。”

“那你想过那样的生活吗？”

“看，你多敏锐……我也不想过那样的生活。对，该承认的就要承认。”

雨润觉得自己也离不开便利店，但美国的便利店很少，还要坐车才能去，这点不太喜欢。在容易被黑暗中的亮光吸引这一点上，两人的内心想法几乎一致：在所有事情都会让人感到害怕的凌晨时分，因迷茫而哭泣想去便利店的人，是不是让这个社会疲惫运作的原因之一呢？

“胆囊冰激凌。”

智秀开启了两人从幼时起就常玩的游戏。想象最难吃的食物，想到黑暗食物的人获胜。这个游戏从病房一直玩到相隔太平洋，是一直持续下来的只属于她俩的游戏。

“呃，那我是鱿鱼蛋糕卷。”

“海鲜和甜品的结合太老土了。我的是煮熟的黄瓜。”

“煮熟就已经够讨厌的了。乳酸菌蘑菇冷汤。”

“芽苗菜包子。”

“隐约觉得不好吃。海蜇香肠。”

“为什么要这么对海蜇啊？蜂斗菜西柚沙拉。”

“光听名字就觉得难吃。喜欢蜂斗菜的人一般也喜欢西柚，很有关联性。那我……”

又继续说了好一会儿，到麻辣西瓜五味子甜茶和芹菜海螺塔可的时候，雨润睡着了。这次没有做噩梦，睡得很沉。在睡着的雨润耳旁，智秀开玩笑般地轻声说“回来吧”，说完不知是不是觉得心里过意不去，又加了一句“不回来也没关系”。

25

写追思的文章时能让人笑出来并不容易。但我的第二任丈夫洪乐焕就是有这种能力的人。奇异的人，以他自己的方式生活的人。有的人非常珍视他，有的人很远看到他也觉得讨厌。对他的评价很两极化。实际上，这是他性格特征的一部分，他对无趣的人无法忍受。如果他觉得对方很无趣的话，就会变成无礼的人，即使是作为配偶的我看起来，也觉得这是他有些危险的缺点。但是，只要他觉得对方是个有趣的人，就不管别人说什么，都会厚待对方，一直支持对方，因此也不能说完全是个缺点。有趣还是无趣，他人生里所有的事情都是以这个标准来判断的。对洪乐焕来说，对方的故乡、出身学校、财产和履历等都是无效的信息。关于他的绯闻……洪乐焕时常会为女性提供帮助或机会，不知最近这样的人是不是变多了，但在20世纪70年代是非常少见的。我也因此而得到过机会，我常常怀疑他是不是忘记了我是个女人。洪乐焕只是觉得我很有趣，从我们第一次见面到他离开人世为止。他提供机会给我，介绍有用的人宣传我，包装我，将我推向大众。他是个天生的广告人，在这一点上他和爱芳非常合适，甚至有时我会想他们两个结婚是不是更好？人与人之间的缘分真的很难讲。我十分想念那个时候。看到乐焕写的广告语到现在还在使用时，我会笑着哭出来。在其他人眼里应该是不知道哪里来的奶奶在家具店或药店门口哭吧。

我知道有人怀疑我们的结合是不是不伦。我们完全是因为工作关系认识的，是熟人的熟人，在类似沙龙聚会的地方第一次见面。我们开办自己的沙龙是很久之后的事情了，那时我们连指尖都没有触碰过。不过，我对他有好感是真的。我期待那样的人站在我这边，想和他变得亲近。这份好感的纯度随着时间的流逝变得有些混乱，我想向过去的我求证。但我们绝不是不伦。听到他大手笔地送前妻出国留学时，我们的关系开始改变。

——《广告 ××》

“纪念我的爱人、我的同事洪乐焕三周年忌”（1998 年）

主持人：最近我们得知，从 70 年代后期到 80 年代中期，您家中收留了很多当时的运动家。您可以说一下当时的故事吗？

沈诗善：那不是我一个人办到的，是我和洪乐焕一起短暂地收留了一些人而已。那个时候大家都是那么做的。

主持人：听说你们甚至还挖了秘密通道？

沈诗善：那也是乐焕的主意。那时正好我们建了后院，所以乐焕就把那个院子当成了职员的宿舍。职员们很年轻，都喜欢住在那儿。我们把墙上的小洞扩大一点，啊，当然后来都复原了，为了让人看不出来，还种上了荆条。没有像大家说的秘密通道那么厉害。而且两个院子都有车库，其实很容易就办到了……用货车运送人，现在想想很抱歉，应该很危险的。

主持人：你们主要让什么样的人住在那里呢？

沈诗善：示威的学生们、在夜校读书的学生们、建立工会的工人们。特别是1983年的时候有谣言说夜校联合会[1]想要进行革命，抓走了好几百人，那个时候家里来过很多人。只要是上过夜校的、加入过工会的人都要被抓走，还要进行拷问。真是想想都不像话的日子。我曾想，工人夜校在以前也出现过，到底是什么让政府这么在意？直到1987年，我才明白那真的是很有力量的运动，所以才被镇压。有些时代是要经历过之后才能看明白的。

主持人：还有后来见过面的人吗？应该有人来拜访您吧？

沈诗善：嗯，很偶然地和一个人遇见了……但他成了令人失望的政治家。

主持人：什么？

沈诗善：曾经进行过劳动运动的人怎么会成为那种让人失望的政治家呢？一开始我以为他脑子里长了什么东西，后来一直没听到他住院的消息。这世道真让人理解不了，完全说不清楚。每当自以为明白一点的时候就被打脸：你什么都不懂。

——首尔历史博物馆特别展览

“付岩洞，知识分子藏身的故事”纪念活动（2003年）

1　1983年，被认为有社会运动倾向的大学生、夜校老师被大批逮捕的夜校联合会事件。——译者注洪景雅很难轻易对洪乐焕是个什么样的人下定论。他是韩国广告史上里程碑式的人物。但那是其他人给他的评价，不应该是唯一的女儿对他的定义。

他是个肩膀很宽的人。小的时候，景雅觉得爸爸几乎是个巨人，长大以后才发现他并不是个子高，而是肩膀很厚，像身体上穿着一层铠甲一样。他喜欢喝酒，也喜欢美食，肚子圆鼓鼓的。再加上他硬硬的头发，看起来有些像东方古典英雄作品里的将军。他有与这世界通行的准则不一致的个人准则，与人的交往和事业的选择都依据这条准则。在社会局势动荡的背景下，他肯定做过不少不应该做的事，但也用卡车运送过学生运动者。家中住过很多艺术家，但爸爸做出来的广告竟充满了赤裸裸的商业化气息……他的一辈子很难用一个方面来说清楚。

爸爸公司的职员里一半都是女性，而且很多都是性少数者，很奇特。那个时代管理层里有一名女性的话，人们就会感到新奇，但她们大多在三十岁前就退休了。为什么公司里有那么多女职员，景雅后来问过爸爸，想知道是不是有什么优待的理由。

“啊，其实也不是因为我是什么思想进步的人。那个时候各个公司挖人特别严重，做事稍微靠谱一点的人很快就被挖走了，所以我把在别的地方不被认可、被欺负的人招来，让她们能自然地做自己，这样别人给她们开两倍的钱都挖不走。我只是为了满足我的私心，而且给了她们很多活儿干。”

越跟爸爸对话就会越觉得混乱，也许那是他故意诱导的混乱。他给人的印象是发火的话会很可怕，但其实景雅一次也没见过爸爸发火的样子。该发火的情况他竟觉得很有趣，这一点有时会让人抓狂。景雅的亲妈和他离婚后要去留学，他觉得这样很好并给了前妻一笔钱。如果那时爸爸紧紧抓住妈妈的话，她也许就不会死了嘛，景雅心里不是没有过这样的埋怨。后来他和沈诗善女士的关系在子女们的眼中，同样让人捉摸不透。

“果然，是……那种肉体的关系吗？”

明恩颤抖着说。

“到底是什么呢？是什么让他们走到一起？我妈妈和你爸爸。”

即使明惠说和自己最亲近，也还是偶尔会说“你爸爸”。与其说是保持距离，不如说是给景雅让步的感觉。

“两个人都很喜欢红酒，这一点很明显。每次去扔空酒瓶的时候我都很羞愧……付岩洞房子的坡很陡，放不好瓶子的话就会滚下去碎掉。只要过个周末，就不知道会堆起多少瓶子。”

“有很多共同的朋友。这一点也能确定。”

“喜欢红酒，有共同的朋友，这不代表就能那么和和美美地一起过那么久。”

“不是说相爱吗？妈妈在书里都写了，说她爱爸爸。”

“哥哥你的想法是什么？他们两位为什么日子过得不错？”

“他们都是创作大众艺术品的人，而且是不惧怕与大众相违背的性格，所以是性格比较合适？应该是叛逆的程度比较相配吧。”

明俊很认真地回答。

“什么嘛，真是的，好没意思。”

“所以你才被妈妈说‘……他？’这样的话。”

结果明俊被明惠和明恩嘲讽了。

总之，只有乐焕的肩膀，景雅确实遗传到了。洪乐焕久病去世时，身上已经几乎没有肉了，但像恐龙骨架一样的肩膀还是原样，即使买了特大号的棺材，肩膀也放不进去。在入棺仪式时，家人们都哭着看入殓师不得不使劲把他的肩膀塞进棺材里，那场面让人有些难堪。当然那时不会不合时宜地笑出来，但等后来悲伤慢慢散去，这件事变成了家人间的一个趣事。

“等妈妈死的时候……”

“不要死。”

“不是说现在，是说很久很久以后妈妈死了的话，你们要买比想象中大两个尺寸的棺材。”

“谁会提这种暗黑的要求啊。”

“绝对不要相信自己的目测。洪氏家族的肩膀又大又厚。我死后被放进棺材的时候，要是把我使劲塞进去，弄得那么难堪的话，我会觉得丢脸的——哎哟，爸爸啊，那已经是最大的棺材了呀。”

“知道了，妈妈。求你不要再说棺材的事情了，你已经强调很多次了。”

向孩子们托付好以后，应该就没什么问题了吧。骨头好是网页设计师的幸运。周围人的脖子、肩膀、腰、骨盆经常不舒服，只有景雅没什么问题，一直坚持到了现在。她是公司里为数不多做到四十岁的设计师。只不过有些羞愧的是，她并不是完全靠能力留下来的。

明恩和明俊走了研究的路，明惠和景雅走进了职场。不管是明惠开始工作的80年代，还是景雅开始工作的90年代，情况都很糟糕。大环境是女性结婚了就要离职，生了孩子还想工作的话，就要生完马上回去。年薪和升职上更不用说了，就连公司内部的各种福利都不平等。但即使这样，明惠和景雅也没有马上就进入洪乐焕的公司。明惠是因为自尊心，而景雅是因为觉得丢脸，直接把爸爸的公司排除在了选项之外。直到乐焕生病，公司的人才严重流失，她才赶忙回公司帮忙。然而，努力没有起到什么作用。明惠和景雅两人尽了所有努力，公司还是轰然倒闭了。乐焕从第一线退下来已经很久后，公司与合作方的合约其实还都是用乐焕的名声签来的。这是两个年轻女性无法替代的男性家长的名声。她们最终明白了，借来的权力是如此虚无。合约一个个解除了，职员们纷纷离开，除了付岩洞的房子，所有的财产都像灰尘般消散了。不仅是乐焕的钱，连诗善的钱也搭进去了。明惠和景雅也曾将公司带到起死回生的边缘，但马上就遭遇了亚洲金融危机。“盖棺定论”这个词原来是这个意思啊，两姐妹接受了这次失败。

没时间留给两个人失落。她们也不期待会有其他公司接受失败过的女人。两个人把留下的物品整理好，再合力开了一家小型网络广告代理公司。原来做策划的明惠转型为商务拓展，在外签客户；原来做网页设计师的景雅担负起搭建公司框架和运营的工作。建议景雅去学页面设计是洪乐焕的先见之明。在风投泡沫时，公司已经小有规模了。办公室从会贤洞的中华料理饭店二层搬到了光华门。网页端衰退，移动端强势，风投泡沫退去后，许多初创公司加入这个领域。市场在不断变化，但不变的是，沟通依然是核心。要做好与客户的沟通，与有不同特点的策划经理、设计师、开发之间的沟通，与消费者的沟通，这是个深不见底的领域，但两姐妹最终还是做到了。她们把不同人的爱好像赶羊群一样汇总，不知不觉间一步步走到了现在。

“现在我要退休了，泰浩也要退休了，我们想多帮帮禾秀和智秀，过过我们自己的生活。我该做的已经都做了。”

当明惠宣布要退休的时候，景雅不知有多迷茫，甚至做了二十年前同样的噩梦。没有大姐坐镇，自己好像什么也做不成，但把公司拱手让人也很不甘心，对公司的眷恋让她头痛。景雅每次打开让自己冷静时常去的调色盘网站，不停地刷新。看着这种将合适的颜色搭配在一起的网站，既对工作有帮助，也有一种类似冥想的功能。一直以家中老幺的心态生活，现在改变得过来吗？领导力是景雅目前为止几乎没有使用过的工具。需要确认自己身上到底有没有这种能力。

在两人的努力下，公司仍存在一些问题。公司无法给到学业优异的毕业生相应的待遇，也很难给在好几个项目同时进行时紧急投入进来的中级、高级自由职业者丰厚的待遇。如果只做自己这摊事就好了，管理岗位又难又敏感。职员们喜欢的领导，但客户很讨厌；客户喜欢的领导又被职员们讨厌。谁有能力、谁没本事很容易分辨不清，很多地方不知该从哪里下手改进。没有大姐，之前一直躲在屏幕后面的自己可以决定好这一切吗？她甚至还考虑过跟着明惠一起退休算了。主林马上就要高考了，海林有很多特别的地方，都需要加倍留心。

“理事长，您一直都在工作，这对我们来说是一种希望。”

景雅因为后辈说的这句话没有离开公司。即使在严格遵守育儿假期的以女性为主力的公司里，也有不少女职员离职，主要是因为孩子开始上小学了。景雅也不知有多少次从公司跑到学校去，围着蜻蜓打转的丈夫帮不上什么忙。她有时候也会羡慕明恩，虽然不后悔生下这对兄妹，但仍会羡慕明恩轻松的生活，可以拥有属于自己的闲暇。景雅的注意力和记忆力及所有执行力都早已成为碎片，她已经这样生活十几年了。

景雅感觉自己在职员心里一直像一个虚假的希望而存在，因为自己是创始人，又是高层领导，所以才能带领公司渡过那么多次难关。感觉“虚假”这个词太过负面，她默默地将之称为“模糊的希望”。她想成为这个行业里“模糊的希望”，在真正的希望出现之前的某种替代性的希望。在红海行业里拥有不错的履历并且坚持很久的女性，如果展示出这一点的话，后面的女性也会获得力量吧。

明惠和景雅正在进行改善公司氛围的五年计划。在微薄的营业利润允许的范围内给大家提高了年薪；引入了比其他公司都宽松的弹性工作制，只要不耽误会议时间，什么时候上班都没关系——制度颁布初期，反而造成项目临近尾声时加班来赶进度，于是马上修改了制度；延长了假期，在公司里形成一种可以自由安排假期的氛围；全面废除了公司聚餐，虽然原来也不怎么聚餐，但还是明文正式废除了；挖掘能妥善解决他人造成的问题的人，放权给他；在早餐和午餐时间提供运动项目和自我发展项目；和关系好的医院签约健康体检。

职员们在公司内工作时，改善方案收到了良好的效果，问题是做大型项目时因保密等问题被派遣出去的员工。不久前一个工作能力很不错的小组集体离职了，因为他们去为银行开发应用程序时累到筋疲力尽。即使赚再多的钱，人员流失的话也都是损失。消磨时间的会议、喜欢阿谀奉承的行为、低效的决策阶段、职场性别歧视和职场性骚扰，没有一个地方是可取的。我的公司我可以改变，但能拿别的公司的企业文化怎么办呢？而且对方还是绝对强势的甲方，完全没有可以说上话的地方。

“理事长，不是时间不够，而是对方的高层现在没法做决定，还总是无端挑衅，要做的事情不完整地告诉我们，只是一点一点给，不知道葫芦里卖什么药。”

“你们做完该做的就下班，我来负责。”

“那样的话就会说袒护女性。他们还嫌弃我们为什么不加夜班。”

“天啊，他们在搞什么？”

“而且对方有一个领导总是在下班的时候跟着女职员们……特别是对最小的娜允总是做一些非常不合适的动作。”

“这个我来解决。”

解决并不容易，但景雅带着愤怒一直走到了最后。自己能做的只有这些。这个项目进行时，项目经理一直有原因不明的炎症，去了医院也查不出是什么原因，最后才知道是压力太大。另一个项目领导得了胃溃疡，项目发行得了带状疱疹，甚至还住了院。三个人都因为健康原因离职了，景雅没有办法留住她们。她告诉他们，恢复健康后什么时候都可以再回来，但没有保护好员工这一点让景雅很羞愧。银行、证券公司、大企业乱得一塌糊涂，可它们都是大客户，如果一直这样下去的话，完全看不到未来的希望。

“那怎么办，我们还能改变国家吗？”明惠好像已经厌烦了，“到上面的人都完全换一批之前是不可能改变的。我也是因为这个才要退休的。我作为领导该做的都已经做了。”

“我只是对姐姐放弃了我们的改善计划有些遗憾。”

“只有我们公司改变是没有结果的。你知道策划经理的基本要求是什么吗？是在最开始就要判断出可能和不可能。”

“可我是设计师，所以我不管怎样都要一直坚持到最后吗？”

“我也不是完全抛下你不管嘛。为了退休我还给你找好了申理事，我该做的都做了。真的觉得有压力的话到时候就都交给申理事，然后开始找收购者吧。”

景雅并不是对新来的申理事有什么不满。比起年龄和履历，他并不是个陈腐老派的人，只不过是无法信任他。如果由百分之八十都是女性组成的公司中高层全部变成男性的话，那将会是最难看的场面了。“难看”这个词怎么能这么准确地表达这个意思呢？

景雅决定用屁股坚持下去，就像关节好的人一直坐在椅子上那样。想不清楚的时候就只能等待更聪明的人出现。泡沫慢慢散去，如果出现能在沉寂下来的行业里活下来的女人的话，就把接力棒交给她。在那之前再尝试一周上四天班的制度，或尝试这样那样的制度，如果公司仍旧倒闭的话也没办法……倒闭、兴盛、聚集、分离，现在也不那么害怕了。

“至少现在，我的小小的权力不再是借来的了。”

去买咖啡的路上景雅轻声说着。谁也没有听到，谁也无法理解，但都没关系。

26

不画画有八年还是九年？那以后，我终于举办了个人展。如果没有那次机会的话，也许以后就再也没有机会了。我拜托沈诗善老师在画册和图录上写评论，老师在展览前来看过好几次布置的进展。她是想要看完成的过程本身吗？老师第二次还是第三次来的时候，犹豫了一会儿，对我说了这样的话：

“非常美。看上去像什么东西趴着死去一般，但是非常美。不过……你想过把一样的画再放大四倍画一幅吗？”

我大吃一惊。

“只是放大尺寸就会有不一样的感觉。”

那轻轻的一句话触动了我内心中的某种东西。我的心是蜷缩着的。在厨房后面的小房间里，在不是工作室的工作室里，我在小小的油画布上作画，蜷缩着自己却没察觉到。因为生活太忙了，没有余力。因为我忘记自己是画家的时间更长。

在展览前我还有时间画几幅大的作品，那之后我常常问自己：我是不是把自己关在太小的框里了？我是不是把自己局限在后厨的小房间里了？画的画不合心意的时候我也会问自己，如果比这个大四倍、五倍、十倍的话会不一样吗？

"女人不要在意别人的眼光，要做大事。我们退让的话，别人就更会叫我们让开。心胸开阔起来，假如有人说三道四的话，就交给专门解决这些事的人。有人是专门把解决问题当成职业的嘛。要脸皮厚，不要考虑别人，要有自己的事业。很好，很好，我就知道会很好的。"

偶尔我会想再见见在展览上那么满足的沈诗善老师。

——《那时救了我的一句话》

"画家黄敏夏记忆中的沈诗善"（2016年）

虽然岳母把女儿们培养得很好，但被小姨子抢走咖啡还是有些遗憾，泰浩心里反复想着。咖啡并不是小姨子和岳母之间独有的记忆，泰浩也常常和诗善一起喝咖啡。要说趣事的话，他们之间有一个更有趣的回忆。

那是诊断出诗善的心血管不太好的前后，那会儿诗善还想尽力维持健康，正在努力减少咖啡因的摄入，但总是忍不住，常常会被明惠逮到说几句。被她最强势的女儿呵斥的样子看起来又可气又可怜，还有些好笑。有一天，明惠夫妇和诗善约好在市内见一面，明惠因为有事稍微晚一点来，泰浩和诗善先到了约定的场所。

“妈妈，要不要趁机喝杯咖啡？”

“当然好了。”

诗善的眼里闪着亮光，泰浩去点单。他不是故意要点低因咖啡的，只是偏偏那天菜单上的低因咖啡很引人瞩目。在诗善拿到咖啡正欣喜品味，喝到一半时，泰浩问道：

“怎么样，咖啡的味道有什么不同吗？”

“今天尤其好喝。”

“啊，那以后可以一直喝低因咖啡了。”

“什么？”

“这杯是低因咖啡。”

诗善端着杯子的手开始抖了起来，那时泰浩才觉得大事不好。正好这时明惠来了，她一开始又想说诗善几句，了解情况后，马上就和诗善站在一边开始数落泰浩。

“你是在试验我妈妈吗？看我妈能不能喝出是低因咖啡来吗？你脑子清醒吗？”

“明惠啊，我不知道你和这么可怕的男人结了婚！本来以为有了乖巧的女婿还很开心来着……”

诗善还演戏般难过地抓住了头发。

“不是，我想着妈要少喝咖啡才……”

“那也是，不过语言上劝导和偷偷换了咖啡能一样吗？”

泰浩检讨说自己是无意的，但那天之后所有泰浩递过去的食物，诗善都会用怀疑的目光看看。一开始泰浩以为岳母是真的介意，后来这成了两人之间的玩笑。

还有一次那样的事情。泰浩不用飞行的日子和女儿们在付岩洞的家里玩，有个人来向诗善推销净水器。虽然泰浩不认识诗善的所有亲友，但他知道那个人来卖过保险和牙膏，还有其他没什么用的东西。所以，在那个人念着广告语的时候，作为一个好女婿，泰浩想出面打断，结果诗善却使劲踩了他一脚。至今想起诗善脚上穿着绸缎拖鞋一脚踩下来的情形，泰浩仍会笑出来。那天诗善到底还是买了一台净水器。那个人走后，泰浩开始追问诗善。

“不是，妈妈，怎么看那个人都是在利用您啊，比这更好的净水器多了去了，您需要的话我可以帮您好好咨询一下。”

“我是在付我的救命钱，分期付款。”

“救命钱？”

“他就是那时走了很远的路告诉我不要回老家去的那个人。”

那个故事好像听过。那个人不是印象里恩人该有的样子，他的面相凶狠衰老，不知为何总是穿着夏威夷花T恤，哪怕是冬天，里面也穿着夏威夷花T恤。明惠和小姨子们叫他仁川舅舅，一开始以为他生活在仁川，后来发现好像也不是的。

“但是也不能一辈子都被他这么利用啊。”

“不是的。他是真的觉得净水器是好东西，每次有好东西的时候都想到我，我是这么想的。这样想也没关系吧。”

有些无法理解，但也能理解。岳母用那时买的净水器里的水冲咖啡，说咖啡更顺滑好喝了，这些话泰浩直到现在也不是太相信。来到夏威夷以后，他又想起了那件不正宗的夏威夷花T恤，心情很奇妙。除了夏威夷花T恤舅舅，岳母身边还有很多说不清的朋友。在岳母家中的地毯上吐得到处都是的酒鬼，在周末上午的电视节目里以歌唱家身份出来唱歌的人，把大家都吓了一跳；吃烧烤结果引起小火灾的画家的女儿们出现在课本上，岳母也为她们高兴……总之，全都充满个性。对在安稳沉默的家庭里长大的泰浩来说，每一天都充满小小的震惊。泰浩家人之间的主要话题是农产品，偶尔交流两句就是全部的对话了。评价一下这个南瓜是谁家给的，真实在；计划今年一定要腌梅子汁；商议要买多少盒腌白菜。然后话题就中断了，过一会儿又开始简短地对大渚番茄和务安海水红薯进行评价。也许因为是这样的家庭，所以才没有对泰浩充满激情的婚事表示反对吧，因为他们从来没有使用过反对的语言，所以就自然地同意了。明惠从小就在母亲的训练下长大，脸上没露出一丝不愉快的表情，和泰浩的家人们聊了四五个小时的农产品后，获得了他们的肯定。对特别好吃的大米、新引进的葡萄和杂交种植的蘑菇进行了丰富的故事渲染，这对广告人来说是小菜一碟。

“一个普通家庭和一个不知如何形容的家庭结合。”泰浩这样概括着自己的人生。

他欣赏让人猜不透的岳母，感叹岳母的女儿们继承了她的气势。过了大半辈子的他，深爱妻子和女儿们，希望小姨子们过得幸福，海林有时会用看鸟儿的眼神看自己，却也并不讨厌……

所以这一次，他想拿出点像样的、让人惊艳的、了不起的东西来。即使内心已经接受了自己是这个藏龙卧虎的家庭背景一样的存在，但谁会满足于成为背景呢？“老公你好聪明”“被爸爸比下去了”“姐夫真了不起”……泰浩也想听这些话。虽然是家族旅行，但大家都分头行动，也不知道别人都准备了什么、准备到什么地步了。只有明惠发现了他心里的竞争欲。

“怎么说我也是最大的，总不能拿出个最不像样的吧。”

“你怎么就是最大的了？我才是。”明惠一边把不太舒服的床尽量铺得舒服一点，一边回答。

“我比你大三岁呢。”

“嗯，但我们家是母系社会，所以我才是最大的。”

“啊，是啊……那我作为家里最大的人的配偶，总不能拿个不像样的东西出来吧？”

“老公，你之前应该也来过这里吧。原来飞行的时候，你到这儿都做些什么？”

“那时候就是在泳池旁边的椅子上躺着。”

"那你就继续躺着。"

明惠以为泰浩只是到处随便玩玩，但其实在全家人都忙着自己的事情时，清晨买来早餐面包，在冰箱里放满水、果汁和啤酒，扔掉垃圾，清扫浴室的人都是泰浩。不然你以为每天洗好毛巾晾干的人都是谁啊……但他决定忍住不说出来。听腻了发动机的声音，所以把汽车让给其他人开，每天慢慢散步，但他心里已经着急到想要问路上的行人这里有什么特别的东西了。

如果能通信的话就方便了，泰浩不由自主地想了起来。向特定波段询问的话，就会有人回答，如果现在也能那样就好了。在还做飞行员的时候，会与塔台和其他飞行员不停地通信。他们交流很多信息，大部分都是建议，关于风、雨和云的建议一刻不停，即使在睡着的时候、不飞行的时候，那些声音也好像还在耳畔盘旋。几年前，某家航空公司的老板说飞行员都是收到指令工作的机器人，工作很轻松，这话在网上引起了争议。即使得到机器的帮助，但每分每秒都要进行判断，这并不容易，很费精力。大脑是消耗精力的器官，这句话好像是对的。因为太累了，所以一直期待着退休，结果真的退休后，没有了特定波段的通信，反而产生了一种微妙的孤立感，还有一种仿佛一个人什么决定都做不了的迷茫。没有肩章的肩膀感觉轻飘飘的，有些无法适应。明惠是不是明白了他的心情，才准备一起退休呢？泰浩心里很感谢她。

"从退休到死亡为止，就是我们两人之间的竞走了。从听到'准备，啪！'开始，先死的人就是胜者。"

"这种话题怎么你能说得这么愉快？"

妻子真不是会安慰人的类型。总之泰浩的人生直到现在还都是顺航。虽然禾秀经历的事情让全家人的心都为之震动，但泰浩相信随着时间流逝，会慢慢变好的。飞机上坐满三百人时，总有几个人是你不想与之为伍的。泰浩觉得那次意外差不多也是这样的。

“不是的，你又错了。你再想想，这世界没有那么单纯……”

偶尔脑子里会听到岳母的声音，泰浩努力不去听那个声音。他心里反驳着：“请不要和我说那么详细复杂的内容，我没有那种资质。”

“机长？”

超市里，泰浩想简单买点吃的，听到有人叫了一声，他条件反射似的回过头。七八个人里有两个是认识的乘务员。这两个人不是同一个班组的，但分别搭档过，泰浩的脑海里暂时有些混乱。叫他的人面带笑容，但掩盖不住年轻人特有的不知该如何对待退休前辈的尴尬。

“哎哟，在这儿见到你们。”

泰浩把买来的东西换到另一边的手上，向他们伸出手。氛围稍微变好了一点。

“您怎么在这里？”

“啊，因为家族旅行过来的。”

“我还以为您移民到这边生活了。”

泰浩穿着短裤和舒服的上衣，确实会让人产生那样的误会。

“我正好有点事情想问，夏威夷最棒的东西是什么？”

“啊？”

泰浩向不知所措的前同事们简单解释了背景。

“那样的话，应该是油炸甜甜圈吧？”

“肯定是油炸甜甜圈。”

两个乘务员相互点点头，一致推荐。

“机长，您看到路对面拿着粉红色盒子的人了吧？就是那里。”

“莱纳德家的油炸甜甜圈最好吃了。但是要烫的时候才好吃，冷了就没那个味道了。我之前也想让别人尝尝，还打包带回了韩国，结果表面的白糖都化了，大家也没觉得多好吃。”

“虽然味道好，但主要是口感很特别，要热乎的时候吃。”

只不过是甜甜圈，但其他几个人也凑过来称赞。总之泰浩感谢他们提供了珍贵的信息，约定回到首尔请大家吃好吃的。这是个如果真的遵守的话，反而会给对方添麻烦的约定。女儿们总是盯紧泰浩，怕他看不懂别人的眼色。回去的路上，泰浩想，如果遇到特别讨厌的人，应该不会叫他吧……万幸啊，自己是个在遥远的国度让人遇到也想叫一声的人，看起来自己人缘还不错。

泰浩沿着那条路走到莱纳德家的烘焙店，吃了一口油炸甜甜圈后，就知道前同事们说的不是空话。就是这个了，要买这个回去。大家的建议很到位，如果不趁热乎吃，就没有这种特别的感觉。泰浩在这件事上竟考虑得十分周全，他买了四个来吃：出炉二十分钟的、三十分钟的、四十分钟的、一个小时的，隔开这样的时间一个一个试吃。最后他判断应该要在三十分钟内让家人们都吃上。岳母的忌日马上就要来了，那天看起来也轮不上他用汽车。即使单独再租一辆，考虑到周五傍晚的堵车的话，也不是个好选择。弟妹说过公交车开得很慢……自行车？是不是反倒骑自行车更快？为了通过健康体检而从五十岁开始骑车的泰浩在这一点上还是有自信的。

从那天起，民宿里开始没有早饭或没有水，需要换洗的衣服和垃圾堆成一团，浴室也变得乱糟糟的。因为泰浩借了一辆自行车，握着计时器，研究从莱纳德烘焙店到民宿的最佳路线。第一天泰浩还能忍一忍，第二天就坚持不了了，去奥特莱斯买了一条骑行裤。

27

我一直以为杜鹃是太过常见又普通的花。春天的时候，会有人非常欣喜地迎接杜鹃开花吗？直到有一天，我晚上去散步的时候，看到了一整朵掉在地上的白色杜鹃花，路过的汽车前灯照在那朵花上的瞬间，我明白了那是我一生中看到过的最美的白色。杜鹃已经做好了发光的准备，几乎是自己发出光芒的那种白色。我直到七十岁才明白了这个道理，真是太晚了。

我还有太多没有想明白的事情。有时被风吹拂一下也觉得活着真好，有时想到积压的痛苦就觉得还不如从来没出生过。但只有人类会有这样的苦恼。杜鹃不会因为这些事有任何动摇。它是不是永远都只专注于散发光芒的状态呢？我悄悄猜测着无法读懂的杜鹃的内心。它应该外面发着光，里面也有光。

等我晚上散步再发现不错的事情时，一定告诉大家。

——××× 广播短节目《作家寄来的明信片》(2004 年)

蔡斯生活在小型公寓里，说是公寓，其实是栋三层建筑。他的房间里有电磁炉，但为了好好给智秀做饭吃，带她去了公用厨房。智秀抱着一堆食材，努力理解着公用厨房这种特别的空间。

“公用？那是不是很容易变脏？”

“啊，厨房平时用得并不多，只有偶尔大家聚在一起的时候才会使用。这样设计是为了让刚刚独立的人或者想要简单生活的人多交流。这里居住的主要是年轻人和老年人。”

公用厨房里没有人，但连在一起的餐厅里坐着几位老人，在安详地看电视或木然望着窗外的庭院。蔡斯和老人们打着招呼，把智秀介绍给他们。

“我和你一起做吧。”

“你会做芋头羹吗？”

“不会。”

“你坐在那边就好了。”

“你教我做就行了嘛。”

智秀再次提议，蔡斯用手势让她不要参与，把她安置在了长沙发上。电视里正在播放天气预报。

“几天的平静之后，终于要迎来适合冲浪的风浪了。哇，哇呜！预计海浪将有二十英尺[1]到三十六英尺。冲浪手们，你们期待已久了吧？”

朝气蓬勃的气象播报员用了很多感叹词，几乎是用愉快而略带激动的语气喊着进行播报。智秀把英尺换算成米，这在韩国的话，应该会用严肃的语气提醒大家要注意海浪高度了。真的不一样啊，确实来到另外一个地方了，这让她精神一振。不知道雨润冲浪冲得如何了，心里有一点担心。

“那个，我很久前也去过韩国。”

正在享受午后闲暇时光的老人里，看起来最年长的一位和智秀说起话来。智秀开心地向对方倾斜了一下身体。

“啊，真的吗？您去过哪里？”

“仁川。”

仁川的话，可能是机场，也可能是过去的市区，还有可能是松岛。智秀为了将这段对话进行下去，在脑海中搜索着信息。

“您去仁川做什么？是和谁见面吗？”

“打仗的时候去的。”

“啊，那个时候……”

太久之前的事情，而且也不是轻松的话题，最终聊天失败了。智秀看不出他的年龄，应该比沈诗善大十岁左右。

“你有照片吗？最近的仁川的照片。”

幸运的是老爷爷这边继续着对话。智秀赶紧找到仁川的照片给他看。

1　1英尺约等于0.3米。——译者注

“现在去的话完全认不得了，已经找不到我们曾经去过哪里了。这个岛上有那时死去的人的纪念碑。让蔡斯带你去。”

正在做芋头羹的蔡斯好像听到了他们的对话，回答说会带她去。

“还有什么？你还想去做什么？”

一位老奶奶把椅子挪过来问道。智秀没什么抵触地说着自己的事情，把来夏威夷做什么也都仔细说了一遍，还把自己拍彩虹但失败的照片给老人们看。

“我们要不在这边吃饭吧。”

蔡斯端着芋头羹、三文鱼饭和沙拉走到户外的桌子旁。智秀走过去帮忙摆好。老人们慢慢走了过来。

“你想拍的彩虹，必须很大吗？”

刚才那位参战勇士问。

“不用，不大也可以。”

“因为太大的彩虹得从远处拍，但太远了就拍不清晰。如果小的彩虹也可以的话，我告诉你一个地方。”

智秀一脸兴奋，老人说了一个常有彩虹的小瀑布，但那个位置在谷歌地图上找不到，最后只能告诉蔡斯具体的细节。

“那个，不是有个附近的小孩们常去的溪谷嘛。从新建的那条路再往里走一会儿。不是，不是那里……之前要建个什么后来又荒废的地方，从那后面可以上去。”

老人说了好一会儿，蔡斯终于明白了。吃完饭后他就邀约智秀一起去看看。智秀觉得幸好提了这件事，很开心，哼起了歌。离开之前，一位老奶奶说要给她用钩针钩一顶帽子，量头围稍微耽误了一点时间。

智秀哼唱着《登山缆车》开始了徒步。和走下来的小孩们对视着，孩子们用她哼唱的曲调吹起了口哨。

“你听到了吗？他们偷用我哼唱的调子。”

“不能偷用吗？”蔡斯笑了。

“不是，觉得他们很可爱。看起来是青春期的孩子，却还要跟着别人唱的调子。是在嘲笑我吗？”

“爷爷说这里是孩子们玩的溪谷，看来没有走错方向。”

智秀哼唱着歌，但集中注意力找路的蔡斯看起来没那么轻松。天气预报说会下雨，万一找到的时候已经没有彩虹了怎么办？他有些焦急。

“没有彩虹也没关系。”

“没有的话就是浪费时间了。”

“也可以浪费一些时间的吧。”

“但是到你回去的那天我都没有休息日了。今天是最后一天。虽然晚上的时候我可以抽出一点时间来。”

听到这句话，智秀也没有那么悠闲了。

“是从这里朝右边走吗？”

他们走进一条看不清路的丛林。借来的登山鞋有些大，智秀的脚在鞋里打滑。她心里想，即使看到失望的彩虹也不能失望，不能让希望她找到彩虹的人伤心。走在前面的蔡斯突然停了下来，智秀的额头差点撞在他的背上。

“有。”

“有？”

“真的有彩虹。”

两个人把背包放在地上。这里虽然叫瀑布，但是小到让人有些尴尬。不过因为前几天才下过雨，所以水流很充沛，从树木间穿透的阳光和瀑布相遇，形成了一道迷你彩虹。

“是迷你瀑布啊，真的好迷你啊！”

听到智秀的话，蔡斯想这个彩虹确实太小了，然后转过头看智秀。没想到智秀觉得这道彩虹非常完美。不会消失的彩虹就在眼前，智秀用不太新的手机也能拍得很清楚。两个人兴奋地拍了又拍，大概拍了一百多张。一开始还专心拍彩虹，后来就变成自拍派对，总之非常满意。

“现在可以了吗？”

“嗯。虽然要用大屏幕看一下才能确认，但这么多张里总有拍得不错的吧。”

“那你的作业完成了吧？”

“完成了。真高兴。”

这时智秀才突然想到，这趟陪她寻找彩虹的旅程，会不会有点得寸进尺，于是去看蔡斯的脸色。结果蔡斯作为彩虹国度的居民反而看起来没什么特别，智秀决定不想那么多了。背上包之前，作为感谢，智秀紧紧拥抱了蔡斯。两个人的汗滴混到了一起，但树林的味道很强烈，所以没什么关系。往下走的时候，智秀心里有些叫苦，比上去的时候花了更长的时间。不知是不是因为这样，到蔡斯家的时候，门把手上已经挂着一顶完工的帽子了。原本以为在这么热的地方做钩针是因为太无聊了，结果帽子很不错，用凉爽的细线钩成，像蕾丝般易通风。于是智秀马上戴起来看看，正合适。他们想去向老奶奶表示感谢，不知道她外出去了哪里，只能往门缝里塞进一张感谢的字条。智秀心想，如果做音乐人不太顺的话，做旅行节目的导演也不错。

28

能亲眼在近处看到耀眼的才能是我的幸运。有的人的才能靠遗传或天生；有的人受环境影响；还有的人超越了这些，靠的是努力得来的才能；但我在旁边观察的结论是，不腻烦才是最厉害的才能。每天都做着同样的事情，但还能不厌烦，数十年投身同一个领域也不失去兴趣。数百次、数千次用看似相似其实不同的角度来描绘同一个主题。

其实他们做的是同一件事。雕刻，修缮，拍摄……让人恍惚的反复。虽然有一些意外的作品，但主题基本也只有一两个。用一辈子来回答对自己的提问而不厌烦是一件简单的事吗？越是大家，越不会生厌。这并不是享受，能享受工作的人非常稀少。“不厌烦”这个词是正确的。

所以，如果你在某件事上有卓越的才能，但做不了一会儿就觉得厌烦的话，放弃这件事是更好的选择。刚开始没什么才能，但怎么做都不会厌烦的事情，就可以尝试把这条路走下去。

——《最后留下的那个人》(2002 年)

冲浪课的最后一天，波涛很高。

“今天已经有八个新手被救上来了，要不我们明天再上课吧。”

安迪的语气里有些想阻止雨润的意思，仿佛她会成为那第九个人一样，告诫着她。雨润为了带走浪花，在手腕上绑上了水瓶。她就和这个绑得紧紧的结一样，没有后退的意思。

“今天是最后一天了，我一定要成功。”

“好吧，反正被救走的都不是我的学生，都是其他傻瓜们教的。那就上吧，波浪好像也比刚才小点了。”

水上的人确实比之前少很多。水光深沉，等待着波涛的时候，雨润的胃有些痛。最开始几次要摔下来的时候还能选择下来的时机，没有很难受。再一次站上冲浪板时，雨润想，不管怎么样，至少学会了好好摔倒的方法。今天站上冲浪板比昨天更轻松了。

“来了个不错的浪头。”

这样说着，安迪用力推了雨润的冲浪板一把。还是要相信自己！雨润感觉到这是个比之前更快更大、不那么容易变散的波浪。这次我可以站起来，这个浪我可以站起来。冲浪板没有晃动，像地面一样坚固。雨润很容易就伸直了膝盖，站了起来。动作流畅而连贯。冲浪板一直向前，雨润体会到了从来没有过的快感。不像在跑，也不像飞，雨润感受着冲浪板下面的力量，像一只她从没见过的巨型生物的一部分。大海的力量，地球的力量，冒险与死亡的力量。雨润一路向前，欢呼着，笑着，感受着一种自豪之情。雨润不知道自己往前冲了一百米还是一百五十米，感觉应该比那更远。

"对不起！我不会变方向！请小心！"

雨润一直大喊着，万幸在她前进方向上的人们都小心地避开。就像刚开始学滑雪的人一样，一边麻烦周围的人让道，一边滑降。雨润一路直线，中途还能有余力用带来的水瓶装浪头的海水。

"做到了！你终于做到了！"安迪用自己的冲浪板追上雨润，向她祝贺，"哇，我几乎都放弃你了！"

"原来你都放弃我了呀……"

果然对方的心里是这么想的，雨润有些落寞。

"还有三十分钟，在冲得这么好的时候多冲几次。"

雨润又冲了几次，虽然没有像前一次威风，但也比之前好很多了。终于像样子了，僵直的身体愉快地放松了，深入到海浪中也能不再喝海水了。就算只是坐在冲浪板上也很开心。死亡与雨润一起被海水打透，小时候曾那么惧怕的对象，现在正用透明的臂膀包裹着雨润的肩头，给她一种奇异的鼓励。

"原来你是大浪体质，是有这样的人。"

课程结束临走时，安迪把从后面拍摄雨润的视频发给了她。安迪竟然用韩国手机，这让雨润有些震惊。因为心中充满了喜悦，两个人都舍不得立刻告别。安迪高兴的是终于把自己的成功经验传授给了雨润；而雨润高兴的则是终于战胜了最恐惧的行为，两人都有些把这误认为是亲密感。

“我最帅气的学生，以后我会把你的故事讲给其他来学习的人，说你没有放弃。”

“如果有人来学冲浪的话，我会向他们推荐你。”

两个人坚持用沾满沙子的手握了握才分别。雨润还冲浪板的时候有些失落，也许哪一天会有属于自己的冲浪板吧。

虽然没有对安迪说过，但雨润曾晚上开车路过安迪工作的拖鞋商店。透过玻璃窗看到的安迪和在大海上看到的安迪的表情不太一样。如果过去打招呼的话，也许他不一定能认出雨润来。希望安迪不要得皮肤癌，雨润在心中为冲浪教练祈祷着。

雨润带着清爽而又有些遗憾的心情回到住处时，全家人都在激动地说着什么。雨润一开始以为是谁受伤了，有些慌张。

“没有关门就出去了吗？”

“也可能不是从门进来的，窗户也开着。”

“这都是什么事啊。”

雨润赶紧进屋一看，整个房间都被翻得乱七八糟。橱柜和书柜都打开着，沙发上的坐垫掉到地上，带轮子的旅行箱被扔在一边。兰静发现雨润回来以后一把抱住了她。

“妈妈你没事吗？妈妈爸爸你们丢什么东西了吗？”

“一点现金。你也赶快看看吧。”

到房间一看，所有的行李都被翻出来，乱七八糟的，只有镜子前的项链没有动过。奶奶给的项链看来真的只有个人情感价值，小偷都觉得没有偷走的必要。本以为少了一件夏天的衣服，后来看到是智秀穿着。

“啊，幸好今天拿着耳机出去了，差点就被偷走了。”

“最贵重的东西就是耳机啊？”

“我真的下了好大决心才买的。”

“怎么会在旅行快结束的时候发生这种事……”

“不知道，可能是我姐没关门。”

“谁也不会来追究这种事的。”

最后离开的人很大概率是禾秀，但不会有人像名侦探一样确认这件事。禾秀说自己的手机被偷了。雨润回忆禾秀的手机是不是最新型号的，想起她的手机已经是四年前的型号，外壳也已经旧得有些松了，这才松了一口气。手机里的东西丢了会很心疼吗？备份是一个问题。如此忙乱的时候，禾秀一脸沉静，也不知道她心里在想什么。不知小偷是不是新手，信用卡一张也没有拿，只拿走一些现金，老旧的电视和吐司机倒是没碰。

“不见了。”

站在厨房的景雅惊慌失色地嘟囔着，可没人觉得特别严重。

“咖啡原豆都不见了！”

“是吗？真是些奇怪的家伙，竟把咖啡豆拿走了。”

明惠茫然地笑了。

“那都是给妈妈的咖啡豆。我打算冲一杯完美的咖啡。明天就是忌日了，我可怎么办？”

“你不是都记下来了吗？明早去买就好了。我和你一起去。”

看出景雅很伤心的明恩赶忙安慰她。

“但也只是记下来了，怎么办？我什么都想不起来了，什么豆子是什么味道。本来想今天再确认一次的，现在什么都想不起来了……而且那些豆子是只有指定的日子才能买到的。我完蛋了，怎么办啊？”

大概就是这时，景雅从有鼻音到哇哇大哭起来，所有人里数圭林和海林最震惊。他们从来没有见过妈妈哭。岁数已经不小的人却因为咖啡原豆被偷走而哭得面部扭曲，惊慌的明惠和明恩只能轻拍她的背，但没有什么效果。兰静让圭林和海林去房间里玩一会儿手机游戏，智秀带着两个孩子走了。

“小姨。”

一直静静站着的禾秀走到景雅面前，扶住她的肩膀。

“你现在想到的咖啡豆是哪一种？”

“嗯？”

“肯定不会全都忘记的。你现在想起来哪个名字？”

景雅愣了一下，说了一个咖啡豆的名字。

“那这个豆就是答案。因为最喜欢，所以你记住了。”

禾秀确定地说着。

“不是因为名字简单才记住的吗？”

景雅还是半信半疑。雨润决定帮一把禾秀。她马上拿出手机搜索，虽然不是到处都有的品种，但在一个车程三十五分钟的地方可以买到。

“哦，现在就可以买到。”

雨润给景雅看着手机屏幕，景雅愣愣地擦了擦眼角。明惠和明恩忍着笑拿起了手包和车钥匙。姐姐们现在虽然忍得好好的，但以后肯定会用这件事经常开景雅的玩笑。禾秀看着明惠，用眼神告诉她“妈妈，不要露馅”，明惠点了点头。

“那，禾秀，我们在商店关门前赶紧带景雅去买咖啡豆，你报警，拿一下被窃证明。虽然可以得到游客保险的赔偿，但现金不在保险范围内，只有你的手机大概可以得到赔偿了。也不知道原豆算不算……”

“那些原豆至少也值两百美金以上！”

景雅最后一次表达了不满，然后跟着姐姐们出去了。一直安静地待在角落里的明俊和泰浩开始收拾房间。雨润和禾秀走进卧室看圭林和海林，两人正在教智秀玩游戏。作为一个平时总是和机器打交道的人，她的游戏水平一般般。

“妈妈现在不哭了吗？”海林问。

“嗯，不哭了，赶紧去买新的豆子了。”

“为什么会因为这种事哭呢？”

因为想给爱的人最好的东西，即使那个人已经死去不在了。雨润想这么说，但选了干巴巴的答案：

“伤心了就会哭嘛。”

智秀放弃了游戏，把游戏还给海林玩，肩膀靠在她身上。最后一次见妈妈哭是在外婆去世的时候，那时妈妈吃饭的时候哭，洗头发的时候也哭，智秀很害怕。大人们表现柔弱的一面时，子女真的很害怕……这样想着，智秀抬起头看禾秀和雨润，三个人应该想起了差不多的事情。

没有说出口的东西也将我们相连，这样的时候真的很像一家人。三个人交换着眼神。

29

我想知道妈妈的发簪在哪里。那支发簪用纯度并不高的银做成，上面刻着南瓜。银已经氧化有些发黑，但妈妈很珍惜那支簪子，想着以后要留给我。还不如被谁偷走了更好，只要想到那支簪子可能和妈妈一起埋在不知何处的地里，我的心就像被揪住了一样。听说那块土地上计划建造尖端产业园区。把几十个人就那样埋掉的地方还有未来吗？我没有见过不铭记过去还会前进的共同体，所以在深夜写过好几封不同意建造产业园区的陈情书，于是常常想起妈妈的发簪。

现在我也开始怀念那些名字都被忘记了的女人。在夏威夷生活着好多努力还原韩国晋州食物、顺天食物，还有解酒菜和下酒菜的大婶们。即使已经不记得大婶们的名字了，那时的食物味道还是会偶尔涌上舌尖。我曾吃过的韩餐中最美味的应该就是那时的韩餐了。怎么可能忘记那份亲切呢？她们用不同的食材努力做出熟悉的食物来，让刚去夏威夷的人们恢复体力，即使自己的生活费都不够还要给故乡寄钱。现在我已经比那些大婶的年纪都大了，但我是个做饭永远不行的人，即使年轻人来我这里也没什么可吃的。看来并不是年纪大了就自然而然有手艺了。没有什么是想当然就会生出来的，我能为年轻人做我力所能及的事情就好了。年轻人如果把我的快乐、我的失败还有彷徨当作养分，让他们不再那么徘徊的话，就是有意义的。

——《失去的和得到的》(1993年)

尚宪猜肯定没人准备水果。因为那是一群忙于寻找奇特的而忘记最基本的东西的人。从机场到民宿的路上，尚宪去水果店买了好多水果。他猜想黑肉柿的反响可能会不错。

“应该不会太容易啊。”

最初下定决心和禾秀结婚时，泰浩这样说。尚宪那时还不明白这句话是什么意思。禾秀是任何人都梦寐以求的配偶，所以他以为那是老丈人摆出的姿态。尚宪对禾秀的家庭没有任何意见。泰浩是公认的人品好，明惠看上去有些可怕但其实不难相处，心里有什么说什么的性格反而让人感觉相处舒服。原本稍微有些担心自由奔放的智秀，但智秀带来的惊讶都让人很愉快，反而是自己多虑了。

禾秀是个看上去永远不会倒下的人。她的平衡感很好，性格温和又果断，会审视过去但不沉浸其中，会规划未来但并不急切，对遇见的每一个人都能保持一定距离感的判断力，合理分配精力到工作和生活中……打比方的话，她就像最近流行的冥想应用程序里冷静的声音，永远是健康地专注于当下的样子。尚宪从没想过那样的禾秀会倒下。即使倒下了也会马上站起来，但他从没想过禾秀会在那个混蛋的阴影里倒下这么久。

“就，就当被疯狗咬了一口，现在……”

“如果要对我说这样的话，还不如什么都不说。”

禾秀像真的很不想说话一样，把头伸进了巨大的枕头下面。尚宪想，总是拉上的遮光窗帘和她无比漫长的睡眠是不是为了拒绝他的借口，即使他心中知道不是的，但还是会怀疑。本以为无性夫妇是别人的事，没想到成了自己的故事。倒不是说在情况这么糟糕的时候还想做爱，而是他想成为禾秀的欲望对象、生活对象。尚宪还没找到怎么用不自私的方式来表达这份需求，他不想让禾秀还未愈合的伤口再挣开。

“是那个混蛋朝你扔盐酸，但为什么讨厌我？为什么对我的爱意也死去了？”

尚宪不想催促但也不自觉地着急了。

“除了这个，我体内还有很多其他东西也死去了。给我点恢复的时间吧。”

他以为禾秀会否认，但禾秀说爱意已经死去，这让他有些受伤。

“我等着的话，会重新活过来吗？”

禾秀没有回答他这个问题。原本因为她是个不轻易承诺的人才爱上了她，现在却只盼望她能给自己这个虚无的承诺。尚宪并不是对婚姻有着超越理性的期待，他也知道一切都已经改变了，甚至准备承担那变化的外延……但那不是他可以承担的范围。他以为只是气流颠簸，但已经在下降中了。隐约的绝望感袭来，他比死去的人更觉得自己死了。

岳母计划的这次夏威夷旅行，也许是为了禾秀，像是为了某种转换而制订的计划。尚宪知道看眼色，所以原本可以调整时间一起来，但还是特意晚来了几天。转换心情的话，应该也需要空间上的自由吧。他也有一点私心，想要见到转换过后的禾秀。到达前一天突然联系不上禾秀，直到智秀告诉他，才知道禾秀的手机被盗了。在我问之前难道不应该先告诉我一下吗？尚宪心中有些不安，只能通过智秀转告了他到民宿的时间。

岳父和岳母不是那种女婿要来就等在家里的人，只有禾秀在家等着他。给他开门的禾秀嘴张了一下又合上了，尚宪大概可以知道她想要说的话。飞行辛苦吗？累不累？来的路好找吗？如果是过去的禾秀是会问的。

“你想去坐游轮吗？”

“游轮？”

“现在虽然不是座头鲸出现的季节，但坐船出海应该也不错吧，还可以看晚霞。”

如果禾秀不想去的话，那么预约的游轮钱也就打水漂了。出人意料的是禾秀答应和他一起去，尚宪让自己不要过度解读这是否是个恢复的信号。

因为没有座头鲸可以看，船上用海鲜自助和开放酒吧代替助兴。和在海边看到的晚霞没有太大不同，但坐船来看的人并不比想象中的少。当船离岸边足够远的时候，从全世界来的人不再克制自己，开始暴饮，喝多了就躺在船舱内或船舱外的椅子上。还有很多人因微弱的晃动而沉沉睡去。就这样打着呼噜睡着的话也没必要上船来吧，这样会不会被还残留着的午后日光晒伤？尚宪心中有好多想法，但那不关他的事。禾秀和尚宪端着用塑料仿的玻璃酒杯，走在甲板上。

“回公司上班这件事，不用再延后了吗？”

“嗯。”

回答比想象中快。禾秀舒服地靠在栏杆上。个子还算高的禾秀靠着韩国的栏杆时总觉得有些矮，夏威夷的栏杆正合适。

“我不想被大家当成因为那件事而离职的人，我想和回去上班的人们走在一起。我坐在那里的话，大家都会打起精神来吧，我们公司是应该好好打起精神了。”

禾秀慢慢解释着有些因果应该被准确地记住，尚宪可以理解，也有些不解。

“你要一直在那家公司上班？”

“也可能上着上着用什么无关紧要的理由离职。现在我还不知道，不知道的东西再怎么纠缠也不会清楚。”

“外婆的书里这么写的吗？”

“没有。应该说，是明白了不可能一下子就得到广阔的视野。这是只有从黑暗的地方走出来，摔倒过才能探索出来的东西。”

“那和我呢？”问这种重要的问题好像太幼稚了，尚宪有些害羞。

禾秀装作没看到他的害羞，回答道：

“和尚宪你，我可以用外婆引用过的话：爱情不是像石头一样一成不变的东西，而是像面包一样，要每天都重新制作。[1]这样你还想继续吗？”

“为什么要和之前不同？我们人生的改变为什么要因为那个混蛋？”

禾秀歪着点了点头，像是同意这句话。

“我也很讨厌这一点，可哪有不受外力影响的人生呢？但是，从那天以后我一直在想的，不是我的不幸、我的伤痛，不是因为觉得自己可

---

1 《天钧》，厄休拉.K著，崔俊英译，黄金枝出版社，2010年。

怜才这样的。只不过，近距离看到这个世界扭曲的、被污染的一面，是不可能再回到过去了，直到我找到可以解释这件事的语言为止。你能明白吗？在我找到我想找的东西之前，你还想一直待在我身边吗？你能忍受吗？”

“不知道，我什么都不知道。”

尚宪坐在一张长椅上，禾秀坐在了他旁边。旁边长椅上的人都睡着了，只有他们两个人醒着，用低低的声音对话。

“不知道也可以。”

“这怎么能行？”

“等你想明白了再告诉我，没关系。”

“你为什么不为了我斗争？”尚宪想要这样要求，但忍住了。他想大喊“不是一点也没关系”，但还是输给了禾秀的低语。禾秀轻轻地抚摸着尚宪的手腕，他慢慢镇静了下来。不应该和认为婚姻是每瞬都在更新的女人结婚，明明知道也一头扎进来了，像个傻瓜一样……他只有在心里默默说着。

远处，呈现出壮观的晚霞。

“落日这个词真好，不是吗？”禾秀说。

禾秀的侧脸看起来状态还不错，尚宪好久没见她这样了，他的心变得柔软起来。自己的回答已经有了，但要过段时间再说，他下定决心。

30

不知从何时开始，我开始像爱芳一样说话，像爱芳一样笑，像爱芳一样争吵。最重要的是，我变得像爱芳一样喜欢人，不断地把人聚合、连接在一起，做了一些大事。是从什么时候开始，我把我朋友的幽灵如铠甲一样穿上生活？在仿佛什么都不穿的寒冬的大街上游荡时，我也穿着那些幽灵。幽灵成了我美丽的围脖。有时也会成为透明的隔离带，不让我的眼泪和笑容混合在一起。眼泪是眼泪，笑容是笑容。因此，什么东西也不会变得模糊或变质。在别人都说我是脱光了的无耻女人时，我也不甚在意，正是这个原因。

女儿们在整理展览的小册子和图录时曾吐槽过我。

“妈妈怎么国展参加，国展的对立面也参加？”

“有抽象派倾向，也有极现实主义倾向。”

“做过民众美术评论家，又到了后现代领域。”

非要解释的话，那些我都很喜欢。那才是我的一贯性。如果专注于某一个领域可能会少丢一点脸，但挽着这个朋友的胳膊，搭在那个朋友肩膀上活过来的日子，也并没有那么丢脸。我让女儿们替我保密曾走过好多条路，但这样自己写出来了，我果然是个无耻的写作者吗？比起我写的评论，写海外滞留时期和一生中经历过的事情的书卖得更好，读的人也更多。仔细思考这一点早已太晚了，我不打算深究。

——《与爱无关》(2000年)

和诗善一个模子里刻出来的家人们从上午开始就忙着出门，或在角落里做着最后的准备。对不是什么大事的事情这样认真准备，真是这一家人的共同点啊，他们相互嘲笑，做着最后的准备。

奇特的祭祀从禾秀和松饼店的老板一起进来开始了。从一台小型卡车上搬下来料理机，完成设置的老板马上就开始调制面糊。明惠本来没期待大女儿能有多少参与，但看到她这么大阵仗，有些慌张，却也很开心。

“所以，主角就是你的妈妈，对吧？听说今天为了纪念她举行寻宝游戏？”

老板好像觉得很有趣。

“对，我想这样做应该挺好的。谢谢您亲自过来。”

明惠用眼神问禾秀为什么不直接买松饼来就好，但还是等以后再听她的解释吧。

“是个好主意，用这样的方式纪念。我会特意做得好吃一点。”

幸运的是，在松饼散发出香味之前，泰浩骑着自行车像漂移般赶回来了。他看到松饼车吓了一大跳，不知是不是心里判断会输，赶忙把还热着的油炸甜甜圈塞到大家嘴里。

“现在吃，要现在赶快吃才行。”

“什么？一会儿当饭后甜点……”

“不能一会儿再吃吗？”

泰浩被犹豫着的众人激怒了。

“不行，现在就要吃。知道我为了在冷掉之前赶回来费了多大力气吗？一边吃一边想着妈妈吧。”

他脸颊上的汗水充分说明了他的辛苦，大家赶紧吃起了甜甜圈。虽然都不是很饿，还发着被迫吃东西的牢骚，但吃了一口后大家都开始赞叹：

“哇，像是棉花糖和甜甜圈结合在一起了。这奇妙的感觉。”

“是因为这里是甘蔗的产地吗？表面的白砂糖不像砂糖，像什么魔法粉末一样。”

“呀，爸爸你先发制人啦！”

除了要留下一个摆在桌子上，盒子马上就空了，泰浩得意扬扬地去换衣服了。其他人开始摆桌子。这里不可能有像韩国的供桌一样的桌子，只是把庭院里的两个矮桌拼在一起，把床单铺在上面，看起来也像个供桌了。家人们进行着微妙的神经战，都想把自己的供品放在中间的位置，明惠为了保持整体的和谐，努力换了好几次位置，但结果总是东倒西歪的，没有办法。

“呃，比想象中的……”

明惠看着供桌有些难堪的时候，景雅突然把头伸了过来。

“更乱对吧？姐姐，你没想过会这样吧？后悔了吧？”

“不是，比起乱，真是……多彩。”

桌子左边的角落，是明俊在火奴鲁鲁美术馆的主馆——位于山坡上的斯波尔丁公馆——做的塔模型。用海洋垃圾再生的塑料积木做成，颜色像被晒了很久一样有些发白。猛一看像个烛台，但明俊坚持表示是塔。明恩说塔的样式像新罗末期或高丽初期的样子，难得称赞了弟弟一次。

前面一排的中间，是明恩晒干后贴在厚纸上的桃金娘花，还有夹在登山鞋鞋底缝里的小火山石。因为是夹在登山鞋里跟来的，也不算是偷，应该没什么关系。再右边是泰浩的甜甜圈和禾秀的松饼，二者以极具竞争的关系摆放在一起。

中间一排是兰静在博物馆里做的花环项链和在书店里买的一本以夏威夷为背景的小说。本来只准备了花环项链，后来想起诗善曾说过小说是实际人物和虚构人物间的对话，于是买了一本书放在一起。虽然妈妈一本小说也没写过，但兰静知道她很爱读。

“舅妈，项链太好看了，这里面都是什么花？”

智秀露出很想要的神情，摸着花环项链问道。

“欧胡岛伊利马花、夜来香、红鸡蛋花、剑麻花、茉莉花，本来还想做一个很有造型感的花环，但对初学者来说太难了。听说夏威夷的游客把花环扔到大海里后，如果花环漂回海边的话，那么就会再次来到夏威夷。”

“就像罗马的喷泉一样的传说吗？”

“嗯，不过一定要把线拿掉再扔到海里。虽然是很小的棉线，但海龟吃进去的话可能会死。”

“哎呀，不是塑料也会致死啊，就因为短短一条棉线？晚上我只摘几朵花扔进去试试。”

听到海龟会死的话，海林眼睛瞪得圆圆的，紧紧握住智秀的手。智秀知道海林一直握着棉线到最后。

桌子最中间的位置是海林的羽毛收藏品。算是把最好的位置让给了小朋友，但海林还是有些不满意，因为五颜六色的羽毛都不属于夏威夷本土种类，几乎都是外来鸟类。

“不过，你不是喜欢平凡又小小的鸟儿吗？”

“适应性好的鸟就是能快速适应新环境，但并不是盼望它们占领位置。”

海林的焦虑没人能理解。

羽毛收藏品的右边放着一个像伏特加酒杯的杯子，里面盛放着看起来透明又有些浑浊的液体。摆好供桌之后，几个人问：“这是什么？是酒吗？”然后拿起杯子来想要闻味道或者尝一下，雨润用严肃的表情守护着杯子。那是雨润冲过的最帅气的浪的泡沫。

最前面一排的左边是尚宪买来的水果，景雅的咖啡放在这排中间的好位置，圭林的纸质证书摆在了右边。

“这是什么证书？”

“用外婆的名字命名了五个珊瑚，然后种植到大溪地的证书。”

“诗善的珊瑚，一号到五号……”

“不想给每个珊瑚都起同一个名字。”

“你这是怎么做到的？”

“我换好钱给了蔡斯教练，他再用信用卡帮我支付的。”

圭林没有说出自己在成为更好的潜水员之后，想成为珊瑚种植人的计划。如果是海林的话，可能会说出口。他故意用捉摸不清的表情藏住心里话，像个大人。

桌子上方的白墙上是智秀用借来的迷你投影仪投射的彩虹照片。最大呼小叫、说要准备最华丽的东西，却是如此简单。明惠穿上百褶裙，站在了供桌前面。

“妈妈不管去哪里献祝词，都在五分钟之内结束，所以总是有人来请她祝词，到了老年很辛苦。我是总强调‘老了就要少说话’的人的女儿，那么我也简短说几句，然后开始跳草裙舞。看到大家都找来有意义的东西，度过了愉快的假期，我很高兴。明年我们就像之前一样仍不举办祭祀，但这样做一次好像还不错。我们互相交换着各自宝物的故事，思念着妈妈度过今晚。请为原本不外出做食物的松饼店的老板献上掌声。”

明惠做着夸张的手势，松饼店老板马上回应她：“最后再做五个就结束了。”

被夏威夷人注视着也是一种压力，但明惠让二女儿放音乐，按照学来的动作跳起了好看的草裙舞。欣赏的人都能感受到这是一种与语言很接近的舞蹈。

房间里只剩下自家人后，大家坐在沙发和地上，说着关于沈诗善的故事。

“有一次，一本家居装修杂志想要拍摄我们家。我们在一个房子里生活了很久，妈妈也给那本杂志写过几次文章，大概因为那样才提出邀请吧。妈妈拒绝了好几次，后来终于接受了他们的邀请，结果拍摄组来了一看就走了。‘老师，这样不行’，‘老师您的判断是对的’，他们这样说着就走了。”

“连专业人士都放弃了啊？”

“妈妈不知道有多丢脸，那还是连着收拾了好几天的结果呢。”

“外婆的家也到不了那种程度吧？”

“你们看到的都是已经经历过几次大清扫之后的了。”

每个人都有几个和诗善有关的“有一次”系列，是可以讲一整晚的程度。有的趣事已经讲了大约二十五次了，谁都可以一模一样地讲出来。明恩为了开兰静的玩笑，讲起了海带汤事件。

“弟妹生下雨润的时候，妈妈去百货店买了三十万韩元的海带。但妈妈谁都没问过就一下子买了那么多，结果买完才知道弟妹不喝海带汤，妈妈就变得很尴尬。没地方放的那些海带都到了我的肚子里……那一年妈妈只要看见我就问：要喝海带汤吗？再多喝一点吧。我都要喝吐了。没有生孩子的我喝了一整年海带汤，后来甚至还做成海带冷汤和凉拌海带。现在想起来好像还会涌上来一股味道。就是觉得我最好欺负。”

“这个故事到底还要说几次啊？我不仅不喝海带汤，所有的汤都不喝。大酱汤也不喝，萝卜汤也不喝，本来就不喝汤嘛。妈妈买之前问一问就好了。”

雨润和明俊赶忙说着“所以我们家都不喝汤，多么健康的饮食习惯”，纷纷站在兰静这边。

“我准备美术考试的时候，妈妈来过一次我的补习班。老师说我色彩感很好，表扬我，结果妈妈像非常理所当然一样回答：‘那当然了，都是随了我。’用现在的话说就是那种回应型的人。本来是条件反射就回答出来了，自己却也觉得有些好笑，但直到最后都厚脸皮地坚持。全韩国人都知道我不是她的亲女儿，反倒她自己每天都记不清。妈妈每次混淆的时候我都很高兴。”

“呀，别哭，别再哭了。生了三个，很可能会混淆自己生了四个嘛。怎么这点事就哭了？”看到景雅又要哭，明惠赶忙制止她。

“姐姐，你不懂！失去三个父母是什么感觉，姐姐你不会懂的！”

“我们是不太懂，但这世界上肯定也有送走四五个父母的人吧？你不要太伤心。”

“四五个父母……？”

这时候智秀插了进来：“哎哟，我们以后就是那样啊。等以后妈妈爸爸、姨妈们、姨夫、舅妈、舅舅都走了，我们就是失去了七位父母啊。”

听着智秀不知是多情还是安慰的话，明俊对每次罗列家人称呼的时候，自己总是排在最后一个有些在意，但没有纠结，说起了自己和妈妈的回忆。

“我留学前常常和妈妈一起散步。那时候付岩洞养狗的人家很多，现在也是适合养狗的小区。有一天，一只壮得像熊的狗看到一只小小的约克夏狗走过来，大约在二十米的地方，大家伙就趴下摇着尾巴等对方。想和对方打招呼，又害怕自己的体型吓到约克夏狗，所以早早低下了身子。妈妈赞叹着那个场面，然后对我说男人就应该那样。”

“我是第一次听到这个故事。”

兰静有些惊讶。

“我年轻的时候听了很不高兴。妈妈总是对姐姐们和景雅说什么都没关系，总是让她们去争取，却让我学习小区的狗？而且我以为那只大狗是母的，因为我没有见过那么绅士的公狗。所以后来我每天都一个人在那条路上走四次，为了和那只狗再遇见。遇到过一两次，但因为它太壮了，也看不出是公是母，所以我就问了主人……”

“是母狗吗？”

“不，主人说是公狗。而且，那时候也不流行给狗做绝育手术。那是让我醒悟不要什么都怪到雄性激素上的契机。本来是为了反抗去确认，现在想来是非常有用的忠告。”

“所以我们养只狗吧。”

“养吧，爸爸。”

母女脱离了主题趁机提议，明俊结巴着没有回答。

“结婚之后，我家里做好了吃的寄到岳母家。我妈喜欢做吃的，那个时代的妈妈们大部分都是那样的。过了几年以后我妈告诉我，岳母一个小菜桶都没有还给她。不知道是不是反倒给岳母添了麻烦，所以我过去和她说不要有负担，把空桶给我就行了，结果岳母特别安静……再买小菜桶有点浪费嘛，而且我是那种在岳母面前很放松的女婿，所以我就说自己去找一下。突然岳母好像受到了什么惊吓，赶紧到厨房里翻出几个给我装好，然后还买了高级水果篮给我父母寄去。但是……”

还有反转？这也不是什么会有反转的故事啊，这样想着，所有人都朝泰浩那边倾着身子。

“那些小菜桶一个都不是我们家的，真的一个都不是。”

“什么？妈妈太过分了。”

“再去说也有些尴尬，而且又是玻璃制的质量更好的小菜桶，所以我妈就放弃了。第二年直接用塑料袋装好寄过去。”

“原来外婆是环境污染的主犯啊……”

“家里人口多，妈妈事情也多，知道妈妈不做饭而是买着吃以后，全国各地都有人寄吃的来。妈妈是女人们喜欢的女人嘛。而且那个时代女人如果觉得其他女人可爱的话，就给她寄泡菜。一到腌泡菜的季节，全国各地的泡菜就寄来了。那些小菜桶妈妈不可能一个个都记住。”

明恩想着不管怎么样都要站在妈妈这边。

“原来是这样啊！所以我小时候每到下雨的时候，就被外婆安排把做好的泡菜饼分给邻居们。我的童年都是这样度过的！”

“智秀，你不要太夸张。什么童年就那样度过了。”

“不是，真的，二姨。我过了七岁以后，只要下雨，就要送五十多张泡菜饼！”

“智秀表姐的话是真的，我也送过。”

圭林悄悄向智秀表达着同感。用小孩做这件事也许没有那么大负担，他们都被诗善利用过。

“那妈妈应该也有些没要回来的盘子啊。扯平了。妈妈去世之后，只要打开橱柜，小菜桶就会多得涌出来，每次收拾都累得够呛。”

“不对啊，怎么讲的都是取笑奶奶的故事？奶奶的魂魄要是跟来夏威夷的话，这多不合适。”

这次是雨润站在了诗善一边。

“那你来说说你和奶奶的美好记忆。”

“我做假期作业的时候要收集邮票，觉得奶奶应该会有很久以前的邮票或者外国的邮票，就去了奶奶家。其实作业要求的是没用过的邮票，但那时是小学生，即使盖过章的也不在意，很开心。做着做着奶奶也跟着兴奋起来了，结果就在奶奶家住了三四天，把家里几乎所有信件上的邮票都撕下来了。但是，奶奶为了陪我收集邮票，忘记了截稿日。”

“天啊，我想起那个时候了。”

“偏偏忘记的是日报的截稿日，所以出了大事。她还不接电话，那么认真地收集邮票图什么呀？”

“那也许是妈妈人生里唯一一次‘开天窗’吧。”

“因为妈妈是觉得有趣就会一直探索下去的人，要小心这种倾向。我们也都有这种倾向吧？”

“有，都有。”

兰静本来想说诗善在去世前一年，不知是不是有什么预感，告诉她可以把想要的书都拿走，所以兰静每周都推着小推车去付岩洞的家里。本来开车去的话一两次就都能搬完，但她每次都自己一个人推着推车去。十多次的往返让诗善特别开心，不知妈妈是不是看到了自己的真心。想说这个故事的想法，和想把它变成自己与已故之人独有的记忆的想法斗争着，最后后者赢了。

因为年纪太小了，没有什么回忆的海林有一种被排外的感觉，不知道自己是不是应该坐在这里。有一个人静静地坐在一旁也不错吧，反正，诗善的家人话都太多了。

“外婆给了我一把阳伞。那是夏天去，她说回家的路上阳光特别强烈，就给我了。那是一把年代很久的蕾丝棉布阳伞，外婆看我很喜欢，结果我下一周和再下一周去的时候，她都给了我阳伞。外婆就是看起来那种精致又单纯的人。她想，原来禾秀喜欢阳伞啊，那就再给她几把。”

“阳伞也是常常收到的礼物。”

“我到现在还在用，有一两把因为年代太久已经折了。我想要修一下，但现在已经没有地方修那种东西了，小时候好像还有的。”

“你用一用，再传给你女儿。”景雅说。

“怎么都觉得一定会生女儿？也有可能是儿子吧。我朋友的孙子特别喜欢我朋友。一问才知道，孩子觉得爷爷做什么事都像一个大型机器人。我也想成为那种大型机器人。”泰浩像已经等了很久一样补充道。

“我不生。”

禾秀终于说出了口。一时间大家都没有说话。

“……我没办法让他来到扔盐酸的世界生活。绝对不行。”

禾秀应该是不想再让大人们聊这种没有结果的话题才这么说的。

“我们会帮你的。”

“你拥有所有的资源嘛，还有谁像你一样有这么好的条件啊？”

明惠和景雅有些可怜地看着禾秀，想要说服她。

“因为外婆，我们家才能在中产阶层衰落的时代没有衰落，我知道这是幸运。但现在的女人不生孩子不能完全用经济原因来解释。是因为氛围太偏执了所以才不生的。想到自己的孩子也可能会经历自己经历过的事，就无法忍受。我知道自己没办法守护孩子。韩国的氛围太压抑了。”禾秀摇着头。

“不是只有韩国这样，还有更严重的国家。”

“那就更不会生了。”

“你不生的话，还有谁生孩子呢？”

“没有受过伤的人。觉得这世界没那么痛苦的人。能坦然看新闻的人。”

说到这里，想说服她的人都停止了。新闻总是让禾秀痛苦。她知道自己以后不可能平静地看新闻了。

明惠叹了一口气，眼神一一扫过房间里的人。

“要结束了啊，这美好的家谱。”

“姑姑，家谱这种东西就应该结束。”雨润说。

明惠看起来要哭的样子，突然在明恩后背上用力拍了一下。

“都怪你，都是因为你过得那么轻松有趣，所以我的女儿们都学你才这样的。”

明恩想要反驳，智秀先开口了。

“不是，等等，为什么都觉得我一定不会生孩子？我也可能会生啊，海林这么可爱，我也想有个像海林这样的小家伙。”

“不要叫我‘小家伙’。”

海林笑着反击。

“你……好吧。只有快乐主义者可以赢过时代！”

明惠接受了二女儿的反驳。雨润、圭林和海林以各自的理由下定决心要成为诗善这条支线的端点。

禾秀数着停止在自己这里不会被传承下去的东西：小时候妈妈编头发用的很多方法，改编的摇篮曲，绝版的漫画书，肚子痛时的民间疗法，吐司的做法，冷冻室的迷你雪人，留下的瑕疵变成花纹的戒指，为了一起听除夕的钟声而聚在一起的习惯，打牌时特殊的规则，满满都是逝者照片的相册，虽然很重但凉爽的竹席，变色的屏风，四十岁的花盆，邮票都被撕走的信件，单数的酒杯……

“不过，丧失感就不会被传下去了吧。”

禾秀自言自语道。雨润好像听懂了，点了点头。

“那也挺好的。”

省略的部分也能被传递，这一点让禾秀安心。

31

我说了太多话了。那不是我的本意，比起在空中飞散的话，我更想用文字刻下烙印，但因为人们总是邀请我讲点什么，当然后来我也认同也许发出声音就是我的作用……因为发声的女性总是被讨厌，那就由反正已经被讨厌的我来说好了，我有这样的想法。珍惜自己的人们知道如何慎重选择曝光的场合，但总应该有人讲出我这一代女性的故事。有时我会怀疑脱离了正轨的我是否有发言权，但有些路只有脱离正轨才能看得到，所以我一直说了下去。但是，人说出的话是种没有一贯性的东西，有前后不一致的时候，根据当时的心情不同，有时候激动，有时候低落，因此也后知后觉地后悔，是不是应该保持清高，沉默少言。

总之，我现在决定不再说话了。请把发言的机会让给年轻人吧。反正我已经说完了对这世界所有的话，以后的世界也不再是我的世界，我的意见已经不重要了。虽然能预想到我之后的人们会被针对、陷入争论、不停地被误会，心中难免有些难过，但能发声的人一定要发声。只要不是太散漫的人都可以做到。我好像说了很多对的话，也说了不少错的话，我停下的话，之后的人也会有时对有时错地继续发出声音吧。

现在，我剩下的话要和真正有意义的人来说。所以请不要再给我打电话了，不要再邀请我了。今天我是来告别的。

——《与名士的晚餐》（2005 年）

去美术馆看那幅画的日子是回国当天。回国的班机在晚上，中午退房之后，大家决定一起去看那幅画。完成了不知该如何形容的怪异的祭祀，第二天去看那幅画也许反而是个正确的顺序。一行人各自以不同的速度和路线欣赏完其他作品以后，沿着看不见的指引相聚在了诗善的肖像画——《我的小小的夏威夷乳头》前面。

看上去像用纯棉油画布创作的，不知是谁装裱的。画上赤裸的诗善比实际的皮肤略黑一些，也许是她刚从夏威夷来到杜塞尔多夫的时候，又或者是为了强调她的异域色彩，也有可能是马蒂亚斯要求她做出慵懒的表情。画中年轻的诗善露出家人们都非常熟悉的神情。一张瘦弱的面孔在想着别的事情：期盼着另一种生活的神情，计划着自己的人生的神情，即使一无所有、人生以悲剧开头也必定要实现什么才罢休的神情。她的下巴倚在绿色的毛围巾上，眼睛里畅想的是未来的逃离。

“不得不说这画捕捉到了妈妈的某种本质。”

“他都不知道自己捕捉到了什么，可恶的家伙。”

“虽然早就知道他是个什么样的烂人……但怎么能给画起个那样的名字呢？怎么能把人看作一对乳头呢？”

一行人愤愤不平。

“但是 tits 好像说的是那边被影子遮住的山雀。”

海林边说边慌乱地找字典。海林说的好像挺有道理，如果是乳头的话，应该不是用“i”，而是要用“ea”才更常见。

“但即使是那样，这个名字就可以被原谅吗？”

景雅仍然很不满意，所有人都对她的问题摇着头。当然不行了，因为这个名字所引发的一切事情都无法原谅。一家人像交替轮唱一样连声否认着。

明惠在画前转身，接着其他人也都一起转了过来。他们并没有把画撕碎烧毁，然后上个海外新闻的打算。在画前想要哀悼的人致以哀悼，想发火的人发完火，然后果断地转身是个还不错的结局。

到了机场后，明惠进行了简单的财会汇报。一部分旅行经费从诗善的版税中支出，一条一条详细的出处清清楚楚，但没有人在认真听，大家都确信明惠肯定会完美地处理好。明俊犯了困，被明惠说了几句；景雅说简单说说就行了，也被明惠说了几句。正在这个时候，蔡斯从远处跑来了。蔡斯和大家各自想象中的都有些不同，于是他们吵吵闹闹地看着智秀和蔡斯，像是在看电视剧里的机场戏码一样津津有味。

“你怎么不接电话？”

“啊，应该是在美术馆的时候静音了。”

“你看新闻了吗？”

“什么新闻？”

智利沿岸的一艘油船沉没了。这个消息让大家都很痛心，虽然万幸没有死伤，但石油泄漏带来的影响会持续几年还是几十年，无人知晓。

蔡斯快速地说着自己是太平洋野生动物救助团体的会员，打算去现场救助那里的动物。

“两个小时以后就出发。”

“这样啊。”

“你不和我一起去吗？”

家人们都吓了一大跳，智秀虽然没有惊讶，但还是有些慌乱。

“我去了的话有我能做的事吗？我是个DJ啊，也不能在船上搞派对。”

“去了以后主要是给海鸟或企鹅洗干净身体，也许晚上需要DJ。”

听到要给鸟洗澡，海林发出了尖叫声，家人们都觉得有些头疼。

“如果羽毛变脏，它们就无法保持体温，用嘴把原油舔干净的话最后会中毒而死。”

没有搞清楚状况的蔡斯还在不停地说明，智秀明白应该尽快结束眼下的情景。她感到这场旅行似乎还没有结束。

“我和你去。那要赶快取消这张机票了。”

雨润一边安抚吵着要一起去的海林，一边用嘴型和智秀告别。智秀赶快轻拍海林，说：“没法带你去，真的很抱歉，虽然我很想带你一起去，但现在你太小了。”海林哭到泪眼模糊，像小时候一样，胎记都变红了，但最后还是和智秀说：“你去吧，去了好好洗鸟儿和企鹅。”

“妈妈，你不担心我吗？”

在机场分别时，智秀问明惠。

“我应该担心你吗？”

“我每天都到处乱跑，毫无计划地生活没关系吗？”

“那有什么。”

明惠把眼镜推到额头上。

“你像沈诗善女士的话，怎么也会生存下去的。”

另一旁，兰静抱着起飞时间不一样的雨润难以松手。但听到明惠的话，兰静好像得到了某种安慰。雨润看上去很柔弱，却也是和诗善一个模子里刻出来的。她不会轻易认输和屈服的，这就已经足够了。

“什么嘛，这气氛感觉我也应该要一个人走才行。”

禾秀说着不太好笑的玩笑，露出浅浅的笑容。只有尚宪还想着是不是应该拦着智秀，但看看大家的反应就作罢了。

回程的座位因为有离开的人和新加入的人，和来的时候有些不同。哭累了的海林和景雅坐在一起，圭林爽快地同意一个人坐。明恩把禾秀旁边的座位让给了尚宪，坐到了明惠和泰浩那一排。两姐妹坐在靠窗的位置，看着下方的瓦胡岛。无法相信诗善曾经在这里生活过，但又仿佛年轻的诗善仍然穿梭在那片深绿和蔚蓝之间，一到深夜就会从美术馆的画中走出来。从画框里走出来的时候，周围要藏着可以穿上的裙子才行啊……明惠的想象又飘到奇怪的方向去了。

从窗外回过头来，看到了像一朵朵云一样分散而坐的家人们。正好对视上的话，他们会露出惊讶或者开玩笑的表情。景雅指着睡着了的海林的T恤，开心地低声说：“她穿了黄色的！穿了我偷偷放在她书包里的衣服。”除了海林的T恤颜色，她内在的某种东西也发生了变化，但比起直接告诉她，还是让她自己慢慢发现吧。

因为我们与即使生活在丑恶的时代也能每天发现美的那个人相像；因为我们继承了即使一败涂地也坚持到最后的那个人的衣钵；因为即使离世十年之久，也仍然让世人震惊的那个人的碎片深埋在我们心中……

作家的话

“我们真应该在夏威夷团聚，在那里祭祀。”

这是妈妈常开的玩笑。妈妈的兄弟们总是有一两个人在北美或中南美，这句话倒也不完全是玩笑话。现实中没有一次真的实现，但在小说里我想这么做。借用了家族的一个玩笑，同时也借用了家族里的一个悲剧。我有一位在朝鲜战争中战死的小叔祖父。如果他不是死于战乱，也许不会让我们记住这么久。现在我会偶尔觉得我比那时的小叔祖父还大十五岁这件事很神奇。我将这个悲剧在小说中改编为对平民的虐杀，是因为现在很多平民屠杀遗址因预算不足而无法完全挖掘，或已经规划要开发建设了。我相信不会有不铭记历史还能更好发展的共同体。

这本小说是21世纪的女性献给生活在20世纪的女性的爱。沈诗善的名字是从已经去世的外婆的名字中取了一个字变形而成的。至少在小说中，我想让外婆享受她曾无法享受的人生。我时常会思考我的谱系。这几年我明白了我的谱系不是从金东仁或李箱而来，而是从金明淳[1]或罗蕙锡[2]而来。我想象着若有一位穿梭于苦难的20世纪的艺术家没有死

1　金明淳，韩国女性独立运动家和画家。——译者注

2　罗蕙锡，韩国女性独立运动家和画家。——译者注

去，而是坚强地挺过来延续成一个大家庭的话会是什么样。会是个并不容易的幸福结局。这也是一本关于艺术界内部权力运作方式的小说。为了可以更单纯地写，我把背景换到了杜塞尔多夫。为了不让在杜塞尔多夫有回忆的人们伤心，可以做的解释是，小说的背景可以设定为对任何一个人的影响力极大的欧洲城市，任何一个都可以。只是因为杜塞尔多夫是美术的城市，水路很美丽，所以才挑选了它。参与的李美静个人展The Gold Terrace、ORGD 2019年的展览《牡丹与螃蟹》、全泰壹纪念馆的特别展览《缝纫女工的梦》等视觉艺术展览对我产生了很大的影响。那是感官与不同类型的艺术交叉的经历，不会再有了。更进一步，这本小说也是对笼罩在韩国社会激烈的可憎的氛围的揭发，还加入了不少我一直关注的帝国主义和生态主义的部分，以及一直以来关于亲密感和相互理解的内容。写得越久，就越努力地隐藏自己，但读者们偶尔也会发现我不隐藏的时候。那就是一种不变的寻宝游戏。最后，我要感谢因小说中的职业而接受我采访的人们，为了不对各位造成困扰，这里隐去姓名。

希望读者们可以愉快地阅读这个从一个玩笑、一个悲剧开始，从2016年到2020年写完的关于一切的故事。我会像并不存在的沈诗善女士一样写作，直到死亡。

2020年夏

郑世朗

参考资料

《劳动夜校，梦想着解放之夜》，［韩］金汉洙著，犁铲出版社（tabipub），2018 年

《菩萨像》，［韩］朴道和著，大院寺，1990 年

《普贤行愿品》，［韩］金贤俊译，佛教信行研究院编著，孝林出版社，2018 年

《鸟类的天赋》，［美］珍妮弗・阿克曼著，［韩］金素静译，喜鹊出版社，2017 年

《鸟的感官》，［英］蒂姆・伯克黑德著，［韩］卢承英译，Eidos 出版社，2015 年

《新女性的到来》，［韩］姜民基等著，国立现代美术馆，2017 年

《快来，这里是咕噜鸟研究所》，［韩］郑多美著，［韩］李长美绘，韩民族儿童出版社，2018 年

《生物与动画角色设计》，［加］马克・塔罗・福尔摩斯著，［韩］安英镇译，Biz&Biz 出版社，2018 年

《隼》，［韩］海伦・麦当劳著，［韩］金慧妍译，京乡媒体，2017 年

《夏威夷照片新娘千妍希的故事》，［韩］文玉表等注释和解读，一片出版社，2017 年

《夏威夷原住民的女儿》，［美］Haunani-Kay Trask 著，李日圭译，周江贤解读，西海文集出版社，2017 年

《夏威夷韩人社会成长史（1903—1940）》，［韩］李善珠、［美］罗伯特张著，梨花女子大学出版社，2014 年

Hawai'i's birds and their habitats，［美］H. 道格拉斯著，［美］杰克・杰弗里摄影，Mutual，2013 年

Pele，［美］Pua Kanaka'ole Kanahele 口述，［德］Dietrich Varez 插画，毕夏普博物馆出版社，1991 年

www.coralgardeners.org

www.susanscott.net